若くして高収益企業を成功させて「風雲児」となり、巨万の富をワシ掴みにしながらも、思いついたように1000人、2000人の従業員を平気で切り捨てる経営者が洋の東西を問わず、「地球上」に目立ち始めている。彼らに共通しているのは利己的、いや利社《りしゃ》的発令主義だ。1本の辞令は、社員の命の綱でもあり、絶望の綱でもある。

『二枚顔《にまいがお》』の人間ども

『二枚顔《にまいがお》』人間が、洋の東西を問わず地球上に増え出している。実に不気味な現象だ。『政治』『宗教』『産業』『情報通信』『科学技術』『文化芸術』そして『市井の社会』など、あらゆる分野で『二枚顔』人間が地球上に目立ち出している。有史《ゆうし》以来の生臭さだ。プンプン匂《にお》う。『二枚顔』人間は、『裏表のある人間』とは全く異なる。『裏表のある人間』はその境界において巧みな計算が働く。その計算は『策』へと形を変えていく事が多く、変わる過程で『表』が『裏』を、あるいは『裏』が『表』を支援したりする。かと言って『表裏一体』と言う訳では決してない。これに対して『二枚顔』人間は、策士型人間のエリートだと言えよう。二枚の間に境界は無い。それぞれが独立した高次の知能形態を有し、それぞれが、それぞれの『判断』と『結論』でもって緻密に素早く動き出す。双方が相談し合うことは皆無だ。超マンモス企業の精鋭組織にこの『二枚顔』人材が多い。彼らは二枚共に秀《すぐ》れたデジタルディスラプションの担い手でありながら、用意周到な安価ではないアナログ兵器で武装している。コンプライアンスに無関心な経営者あるいは上級幹部らとの戦いに備えてだ。黒革の秘密手帳、スイス製万年筆型録音装置、ドイツ製指定方向集音ベルト尾錠《バックル》、スペイン製指輪型夜間撮影装置などは序の口レベルだ。世のCEO（最高経営責任者）諸君は、職務に熱意を燃やす人材に、やさしい目を本気で向けねばならない。

編集部

負け犬の勲章

門田泰明

祥伝社文庫

目次

負け犬の勲章《くんしょう》

1

終業ベルが鳴った。

藤原《ふじわら》は、体の力を抜くと、帳簿の上を走らせていたペンの動きをとめ、視野の端で同僚たちの様子を、そっと観察した。

誰も立ち上がらない。終業ベルが鳴ったことなど、気づかぬ振りで、算盤《そろばん》を弾《はじ》いたり帳簿をめくったりしている。

そのくせ部屋には、七時間半の拘束《こうそく》から解き放たれた、けだるさが漂《ただよ》っていた。

藤原は、チクリとした胃の痛みを覚えながら、勇気を出して立ち上がった。
四、五人の同僚たちが、藤原に視線を流したが、すぐに無関心を装った。
藤原は、取締役経理部長の根津《ねづ》の視線を、右の頰《ほお》に感じた。

鋭い痛みを感じる視線であった。

出納《すいとう》・財務・経理・監査の四課からなる経理部には〈出来るだけ遅く帰ることが美徳〉とする伝統的な風潮があった。

たいていの経理部員は、根津が腰を上げるまでは、帰る準備をしない。

根津は午後七時、八時にならないと、帰る気配を見せないのが普通だった。

根津は根津なりに、経理担当専務である吉田《よしだ》の帰宅時間を気にしているのである。

吉田専務は、社長の遠縁に当たり、仕事に口うるさい男であった。

「もう帰るのかね、藤原君」

根津が、声をかけた。

声に、冷ややかな響きがあった。

「ええ……」

藤原は、小柄な体を根津のほうへ向き変えて答えた。

根津の鼻がフンと鳴った。

藤原はあと半月ほどで定年である、怖いものなど何もない、という半《なか》ば捨《す》て鉢気味《ばちぎみ》な開き直りの気持があった。

だが、根津と視線が合うと、矢張《やは》り彼の鼓動は高まった。胃の痛みが、ひどくなる。

藤原は、自分のその弱さが、悔《くや》しかった。

彼は、同僚たちの視線を小さな背中に感じながら、経理部の部屋を出た。

藤原は、私大の商学部を出て三十六年間、経理畑を勤めあげてきた。

その六十年の人生に、間もなく一区切りがつこうとしている。

彼は会社の内規によって、定年日の一カ月前に、退職金の小切手を根津から受け取っていた。

本来ならばこの時点で、系列会社への再就職の話が持ち出される。

しかし、藤原には「長い間、ご苦労さん」の事務的な一言があっただけだった。

藤原は、会社を出て少し行ったところで振り返った。

大企業にふさわしい八階建ての立派な本社ビルが、彼の目には侘《わび》しく見えた。間もなく、自分とは無縁になる会社である。

(倒産でもしてくれないかな……)

藤原は、ふと、そう思った。

自分と関係のなくなった会社など、どうなってもいい、という気持が激しい勢いで湧《わ》き上がってくる。

彼は、本社ビルに背を向けると、力なく歩き出した。

今の彼には、一人の部下もいない。三カ月前までは経理課の主任であったが、二カ月前になって無任所《むにんしょ》にされていた。

所属は一応、経理課のままであったが、経理課から少し離れた日当たりの良い窓際の机に、一人で座っている。

藤原は、十五年前の悪夢を思い出しながら、地下鉄の駅へ向かった。

会社に於《お》ける彼の人生は、その悪夢を契機として狂い始めた。

当時、彼は金銭を直接扱う出納課の課長であった。

この出納課の大金庫から、ある日、五百万円の現金が消えたのだ。

大金庫は経理部の帳票保管室にあり、二本の鍵《かぎ》と二つのダイヤルによる四段ロック式の金庫であった。

金庫の開閉は藤原が担当し、毎日午前九時に開けられ、午後五時に閉じられていた。

就業時間中は、二本の鍵は掛けられずダイヤルによるロックだけであった。

紛失時間は、経理部員が昼食に出かけた昼休み時間と見られた。この時間に、誰かが帳票保管室に入って、金庫を開けたと考えられるのだ。

帳票保管室は、出納課の脇《わき》に頑丈《がんじょう》な鉄のドアを一枚隔《へだ》ててあり、経理部員は帳票の出し入れに、一日に何度も出入りしていた。

大金庫のダイヤル番号は、四十五名の経理部員のうち、十六名が知っていた。部課長と出納課全員、そして定期人事異動で、出納課から経理や財務へ移った者たちである。

　会社の体面を考え、事件は表沙汰《おもてざた》にはされなかったが、結局犯人不明のまま、藤原は経理課主任として左遷《させん》され、今日まで忍従《にんじゅう》の日日が続いていた。

　経理部で定年を迎えた者は、これ迄《まで》にも何人かいたが、全員が十二、三ある系列会社の何処《どこ》かへ再就職している。

　だが、藤原は、自分には系列会社への再就職話はまわってこないだろう、と最初からあきらめていた。

　藤原は、地下鉄の階段を降りていった。改札口そばの売店で就職情報誌を買い、カバンにしまった。一日の仕事で疲れた右手に、持ちなれた黒い革カバンの重さがこたえた。

　階段を降りきったところで、彼の足がとまった。

　正面の壁の縦一メートル、横一メートル半ほどの広告スペースに、彼の会社の商品広告があった。会社の往き帰りに、あきるほど見続けてきた広告である。

　白いスーツを着た有名な女優が、商品を手にして微笑《ほほえ》んでいた。

　帰宅を急ぐ勤め人が、黙黙と藤原の左右を流れていく。

　藤原は、何かを思いついたように、いま降りてきた階段を足早に登り始めた。

彼は地上に出ると、会社のある方角に目をやった。老《お》いて視力の衰えた目に、本社ビルが小さく映った。

(私の人生を駄目《だめ》にしてしまった会社だ)

藤原は、そう思った。

この思いは、五百万円消失という、あの悪夢の日から今日まで続いていた。ただひたすら耐え続けてきた、屈辱《くつじょく》の十五年間であった。耐えることで、敗者復活の機会が与えられるだろう、という淡い期待があった。だが、その期待は、実現しなかった。

真面目《まじめ》で内向的な性格の彼は、この十五年の間、転職を真剣に考えたこともない。この会社で駄目なら、他の会社へ行っても救われまい、というあきらめの気持のほうが強かった。

それほど、彼の心は深く傷ついていた。

(倒産でもしてくれないかな)

藤原は、車の排気ガスの向こうに霞《かす》んで見える本社ビルを眺《なが》めながら、また、そう思った。会社が潰《つぶ》れて、吉田専務や根津部長が右往左往している光景を想像しただけで、気が安まるような気がした。

藤原は、右手に持っていた革カバンのチャックを開けると、中から黒の油性ペンを取り出した。

彼は、黒の油性ペンのキャップを外し、壁に沿ってゆっくりと階段を降りていった。

左手に、黒の油性ペンを隠すようにして持っている。

彼は、自分の会社の広告スペースに左肩をこすりながら、さり気《げ》なく通り過ぎた。黒の油性ペンが、広告面に線を引いた。

藤原の背後を歩く大勢の勤め人たちは、誰も気づかない。

藤原は、人の流れに押されるようにして改札口の前まで行くと、命令された兵隊のように、くるりと踵《きびす》を返した。

彼は、同じ階段を登り、同じ行為を繰り返した。

女優が手にしている商品の上に、二本の黒い線が引かれた。

彼は、体を硬直させながら、逃げるようにして改札口を入った。ホームは、人であふれていた。

彼は、心臓が早鐘のように鳴っているのを知った。

〝やった！〟という気分であった。

だが、そのあとからすぐに、どうしようもない虚《むな》しさが襲ってきた。

藤原は、自己嫌悪を覚えた。

こんなことをしても、サラリーマンになってからの過ぎ去った六十年の人生は取り戻せない、と思った。

そう思うと、無性に情けなくなってきた。

彼は、ホームの売店で就職情報誌を買うと、老眼鏡を掛けた。

ページを繰っていると、なぜか目尻《めじり》に涙が滲《にじ》み出た。

藤原は、人さし指の先で目尻を押さえた。

彼は、自分をこんなみじめな気分に追い込んでいる奴《やつ》は吉田と根津だ、と思った。

五百万円が消失した当時、根津は経理部の次長で、吉田が経理担当常務として経理部長を兼務していた。

だが、吉田にも根津にも、五百万円消失の責任は及ばなかった。

貧乏くじを押しつけられたのは、出納課長の藤原だけであった。藤原一人が苛酷《かこく》な処分を受けることで、吉田と根津が救われた感じがあった。

少なくとも経理部員たちの多くは、そう見ていた。

吉田も根津も、会社に対して藤原を弁護しようとする姿勢は、全く見せなかった。

その姿勢は、まるで二人で申し合わせたように、今日に至るまで一貫して続いている。

「倒産してしまえ」

藤原は、吐き捨てるように呟《つぶや》いた。

傍《そば》にいた二、三人が、びっくりしたように藤原を見た。

電車が線路を鳴らして、近づいてきた。

2

家に帰った藤原は、仏壇に線香と蠟燭《ろうそく》を点《とも》した。

正座した藤原の靴下の先に、小さな穴があいていた。

仏壇には、妻のサワの位牌《いはい》があった。サワは六年前に子宮癌《しきゅうがん》で亡くなっている。

藤原は、仏壇に短い合掌《がっしょう》を済《す》ませると、台所に立って冷蔵庫を開け、秋刀魚《さんま》の干物を取り出した。もう三日間、夕食のおかずに秋刀魚の干物が続いている。

3DKの団地は、一人で住むには充分の広さであった。古い団地のためにコンクリートの壁のあちらこちらに黒黴《くろかび》がはえていた。

自分で黒黴を落として、白いペンキを塗ったこともあったが、黒黴の繁殖力《はんしょくりょく》の強さは、ペンキで抑えることが出来なかった。

(倒産でもしてくれないかな)

藤原は、秋刀魚の干物を焼きながら、心底からそう念じた。

だが、経理部にいる藤原は、会社が高収益をあげていることを知っていた。

倒産どころか、新規事業に乗り出す計画があるほど資金力の豊富な会社であった。その好業績が、定年を迎える彼には癪《しゃく》だった。

藤原は、自分と関係がなくなる会社に、発展してほしくはなかった。

倒産して、会社の全員が路頭に迷えばいいのだ、と思った。

居間の電話が鳴った。

藤原は、緩慢な動きで居間へ入って行くと、大儀《たいぎ》そうに受話器を取り上げた。その動作に、はっきりと老いの疲れがあった。

四年前に結婚した、一人娘の玲子《れいこ》の声が、藤原の鼓膜《こまく》を打った。

玲子の声は、華やいでいた。

「……それでね、彼が見込まれて京都支社の課長代理で、栄転することになったの。大抜擢《だいばってき》よ」

「転勤か……」

「わたし、一度でいいから京都に住みたいと思っていたの。胸がわくわくだわ」

「京都ねえ……」

藤原は、電車で数十分の所に住んでいる娘を、急に遠く感じた。

玲子の声は、父親と遠く離れることより、夫が抜擢された喜びに満ちていた。

藤原は、東京と京都の距離を考えながら、これで孫の顔もあまり見られなくなるな、と思った。

玲子は一人で喋《しやべ》り続けたが、藤原は上《うわ》の空《そら》で殆《ほとん》ど聞いていなかった。

玲子にかわって、三歳になる孫の康雄《やすお》が電話口に出たが、藤原はそれもぼんやりと聞き流した。

電話を切ると、一気に寂寞感《せきばくかん》が襲ってきた。

(とうとう一人になってしまった)

藤原は、台所へ戻った。

秋刀魚が、ガステーブルの上で黒焦《くろこ》げになっていた。

藤原はガスの元栓《もとせん》を切ると、黒焦げの秋刀魚を摑《つか》んで、流し台に叩《たた》きつけた。掌《てのひら》が焼けるように熱かった。

「あの事件さえなければ、私だって今頃《いまごろ》は次長になっていた」

彼は、自分に向かって言った。

藤原は、自分をかばってくれなかった吉田専務と根津部長を怨《うら》んだ。

あの二人が、もう少し部下思いであったら、自分もこんなみじめな思いをしなくても済んだはずだ、と思った。

藤原は、三畳の書斎へ入っていくと、椅子《いす》に座ってぼんやりと煙草《たばこ》を吸い始めた。

書棚と書棚の間に小型耐火金庫があり、その上に十四インチのテレビが載っていた。

金庫の中には、退職金として貰《もら》った八百万円の小切手が入っている。

「わが人生、八百万円か……」

藤原は、呟いた。

退職後の生活をどうするか、全く当てはなかった。

厚生年金の受給資格はあったが、毎月四万八千円の家賃を払うと、年金だけの生活は、かなり苦しい。

黒黴の団地から脱《ぬ》け出して、マンションに住みたい気持はあったが、経済的に実現できそうになかった。

（死ぬまで此処《ここ》で辛抱するのか）

そう思ったとたん、ぽろりと涙がこぼれた。

彼は、地下鉄の売店で買った就職情報誌に目を通した。

涙で活字がかすんだ。

藤原は、手の甲で涙を拭《ぬぐ》った。

就職情報誌が募集しているのは、たいてい三十五歳までだった。

たまに中高年者の募集があっても、嘱託《しょくたく》か期間雇用ばかりであった。時間給も四百円から五百円と安い。

「馬鹿にしおって」

藤原は、就職情報誌を襖《ふすま》に投げつけた。

襖が破れて、左手に持っていた煙草の灰が膝《ひざ》の上に落ちた。

（奴らが悪いんだ）

藤原は、吉田専務と根津部長の顔を思い出して、歯ぎしりした。

彼にとって我慢ならないのは、自分一人が苦汁《くじゅう》を嘗《な》めさせられ、経理部の最高責任者である吉田と根津が、順調に出世していることだった。

吉田が出世するのは、社長の縁者ということで、まだ我慢ができた。だが、根津までが何の責任も負わずに出世していることが、藤原には承服できなかった。

彼は、苛立《いらだ》ちを抑えながら、煙草を吸い続けた。

じっとしていると、これからの生活の不安が、膨《ふく》らむばかりだった。

彼は金庫を開けて、八百万円の小切手と銀行預金の通帳を取り出した。預金残高は、三百六十万円ほどである。

三年に及ぶ妻の癌《がん》との闘いで、預金の多くが消えていた。

彼は、妻の死に対しては、心残りはなかった。妻の闘病に要した金を惜しいと思う気持は、全くなかった。むしろ、精一杯のことをしてやれた、という安堵感《あんどかん》のようなものがあった。

退職金と預金を合わせると、千百六十万円である。三十六年間、大企業で働き続けてきた彼の全財産が、これだけだった。あとに残る物は、何もない。

彼が受け取った退職金の額は、最下限だった。

平社員でもたいていは、二、三百万円の功労金が上積みされる。管理職になると、功労金だけで七、八百万円になる場合があった。

だが、藤原には、一銭の功労金も加算されなかった。十五年前、会社が被った五百万円の損失が、藤原の退職金計算に生臭《なまぐさ》く生きているような、扱いだった。

藤原は、その非情な扱いにも、正面から反発できなかった。反発することの虚しさを知っているだけに、耐えることのほうがたやすい、という気持があった。

しかし、自分を抑えれば抑えるほど、吉田や根津への敵愾心《てきがいしん》が、胸の内側で頭を持ち上げた。

彼は、机の上に小切手と通帳を投げ出すと、大きな溜息《ためいき》をついて居間へ行った。

彼は受話器を取り上げると、遠い目つきをしてダイヤルを回した。
二、三度発信音があって、玲子の声がした。
「なあ、玲子。京都へ行くの、よさないか。夫など単身赴任させておいて、お前は此処へ帰ってきたらどうだ」

藤原が沈んだ声で切り出すと、玲子がいきなり「何てことを言うの、お父さん」と、金切り声をあげた。その勢いに押されて藤原は、反射的に受話器を置いた。

娘夫婦の生活の中へ、一度も踏み込んだことのない藤原だった。

彼は自分でも、理解ある父親だと思っていた。親が出過ぎると、娘夫婦の生活に支障があるだろう、と自分を戒めてもきた。

彼は、自分のそんな自制心が、音をたてて崩れていくのがわかった。

誰かに縋《すが》りつきたいという気持が、腹の底から突き上がってくる。

藤原は、娘の金切り声に他人を感じた。

結婚前は優しい娘だったのに、と思うと余計に孤独感が強くなった。

娘が、一つの独立した生活単位を抱えている現実は理解できても、押し寄せてくる淋《さび》しさに、ともすれば打ちのめされそうであった。

「ちくしょう……」

藤原は、根津部長を呪《のろ》った。

こうなったのも、全て奴のせいだ、という気がした。

次長になっていれば、自分だってもっと泰然《たいぜん》たる姿勢で男を張れたんだ、という気がした。

藤原は、土地付きの家を買って、そこへ娘夫婦と一緒に住むことを夢見ていた。

だが、五百万円消失事件による降格と、昇給賞与の著しく厳しい査定が、その可能性を根こそぎ奪い去っていた。そこへ、妻サワの闘病による追い打ちが加わった。

藤原は、次長になっていたら老後の経済的余裕も、今の二倍半はあったはずだ、と思った。老後に於ける、二倍半の違いは大きい。

彼は、全ての生活サイクルが根津によって狂わされてしまった、と信じて疑わなかった。

そう信じて根津を憎悪することが、定年を迎えようとする自分の、奇妙な心の張りにもなっていることを、彼は知っていた。

「奴は鬼だ……」

藤原は、宙を睨《にら》みつけながら、歯を嚙《か》み鳴らした。

そのとき、不意に上腹部を、激しい痛みが襲った。針で刺すような痛みだった。藤原は、体を二つに折って呻《うめ》いた。

痛みは、背中を突き抜けるようであった。

彼は、これも根津のせいだ、と自分に言って聞かせた。

3

翌朝、地下鉄の駅を降りた藤原は、地下通路を歩きながら流石《さすが》に罪の意識を覚えた。

彼は、そんな気の小さな自分がいやであった。どうしてもっと、堂堂と出来ないのだろう、と悔《く》やんだ。

彼は、階段の登り口まで来て、自分の会社の広告ポスターに視線を走らせた。

二本の黒い線が、広告面の端から端まで引かれていた。

藤原は顔を歪《ゆが》めると、急いで階段を登った。

(かまうもんか)

彼は、気持を奮《ふる》い立たせようとした。

ふと見ると、数メートル先を、根津部長が歩いていた。大企業の取締役経理部長らしく濃紺のいい背広を着て、大股《おおまた》にゆっくりと歩いている。

藤原は、煮えたぎるような気持で、根津の後ろ姿を見つめた。

何事にも怯《おび》えやすくなった自分の小心さは、根津に十五年間抑圧され続けてきたせいだ、という気がした。

横断歩道が、赤信号になって、根津の足がとまった。藤原と根津の距離が縮まっていく。

根津が、なに気なく振り返った。

二人の視線が、藤原の前を行く女性の肩ごしに出合った。

「あ、おはようございます、部長」

藤原は、いま気づいたばかりのような笑顔を見せて、頭を下げた。

心とは裏腹の自分の態度を、藤原は苦苦しく思った。

もっと冷淡な態度をとってやろう、という意思はあったが、気持のほうが先に竦《すく》んだ。

根津は、鷹揚《おうよう》に頷《うなず》き返してみせた。無言のまま頷くところに〝お前とは違うんだ〟という、自信が漲《みなぎ》っているようだった。

藤原は、おずおずと根津の半歩後ろに立って、信号を眺めた。根津の前では出来るだけ姿勢を低くしよう、とする本能のようなものが、自然に出ていた。

人の波が青信号で動き始めると、根津が藤原に肩を寄せてきた。

「きみ、最後の最後まで、きちんと仕事をしてくれないと困るよ。職場規律を乱さないようにな」

根津が、低い声で言った。

藤原は、顔を紅潮《こうちょう》させながら、

「はあ……」

と答えた。

「きのうは、殆どの者が午後八時まで仕事をしていた。先に帰ったのは君だけだ」

根津は、そう言い残して藤原から離れた。

藤原は、キリキリとした胃の痛みに襲われた。一言も、根津に言い返すことの出来ない自分が情けなかった。

（有給休暇だって、殆どとらずに今日まできたんだ。終業ベルが鳴ったあとぐらい自由にさせてほしいもんだ）

藤原は、根津の背に向かって、大声でそう叫びたいところであった。

会社へ近づくに従って、胃の痛みはひどくなった。この痛みは、退職金を受け取った直後から起こっている。

彼は、革カバンの中から、町の薬局で買った神経性胃炎の錠剤を取り出すと、口に含んだ。錠剤は、喉《のど》の途中でひっかかって、容易に食道へ落ちなかった。

藤原は、会社へ駈《か》け込み、洗面所に飛び込んで水を飲んだ。

鏡に自分の顔が映っていた。老人性のシミが浮き出た額《ひたい》から、脂汗《あぶらあせ》が噴き出ている。

どう見ても不健康な顔であった。老いが、はっきりと出ていた。

藤原は、胃痛に顔をしかめて、経理部の部屋へ入っていった。

「顔色が青いですよ」

若い社員が、藤原を見て心配そうに言った。

「社員の定期健康診断は、確か今日のはずだったね」

藤原は、自分の席に座りながら、訊《たず》ねた。

「ええ。経理部は午後一時からの番になっています。調子が悪そうだから、よく診《み》てもらったほうがいいですよ」

「うん、そうする」

藤原が頷いたとき、部長席の根津の視線が藤原のほうへ向いた。

藤原は嫌な予感がして、根津の視線に気づかぬ振りをした。

だが、耳朶《じだ》が自然に熱く赤くなっていくのがわかった。

「藤原君は退職したら、のんびりするんだろう。今さら健康診断でもあるまいに」

根津が、突き放すような口調で言った。

始業準備でざわついていた部屋が、根津の一言で水を打ったように静まり返った。

藤原の顔が、真っ赤になった。

藤原は、膝の上で両手を組むと、視線を机の上に落とした。

両手が激しく震えた。赤い顔が次第に青ざめていく。耳朶だけは朱色のままであった。胃痛が、一層ひどくなった。

「会社の健康診断は、退職する人には必要ないよ。会社に貢献し続ける者を対象とした制度なんだから」

根津がそう付け加えたとき、始業ベルが鳴り響いた。

誰もが、救われたように、仕事を始めた。

藤原は、椅子を蹴《け》って立ち上がった。乾いた唇《くちびる》が、ぶるぶると痙攣《けいれん》していた。

仕事を始めようとしていた経理部員たちが、手を休めて心配そうに根津と藤原を見守った。

藤原は、拳《こぶし》を握りしめて、根津の机に歩いて行った。

経理部員たちは、固唾《かたず》を呑《の》んだ。

「き、きみ……」

根津が、藤原の尋常でない気配に気づいて、椅子から腰を上げた。

藤原は、目を血走らせて根津と向かい合った。

根津が、眼鏡《めがね》ごしに、藤原を睨み返した。

「何か不服があるのかね」

根津が、声を荒らげた。バリトンの利《き》いた、威嚇的《いかくてき》な響きがあった。

藤原は、その声に気圧《けお》されて、表情を緩めた。

「胃が痛いので……ぜひ診療所へ行かせて下さい」

藤原は、小さな声で言った。

「なんだ、そんなことか、おどかすな」

根津が、肘付《ひじつ》き回転椅子に腰を下ろして舌打ちした。

中腰になって険悪な事態を見守っていた課長や係長たちが、ほっとしたように姿勢を正した。

「仕方がない、行ってきたまえ」

根津が、灰皿で煙草を揉《も》み消しながら言った。声に、さきほどの威圧感はなかった。

藤原は、根津に一礼して経理部の部屋を出た。

彼は、診療所へは行かずに、エレベーターで屋上に上がった。屋上には誰もいなかった。

藤原は、根津に立ち向かえなかった自分に愛想を尽かした。

（なぜ私一人が、こんな屈辱を……）

老いた頰に、涙が伝った。

藤原は、五百万円を盗んだ犯人を呪った。犯人は、どう考えても、経理部の人間としか思えなかった。

彼は、涙で濡《ぬ》れた顔をハンカチで拭うと、屋上の端に立って見なれた景色を眺めた。

スモッグの少ない日は、ビルとビルの間に富士《ふじ》が見える。

「お前が憎い……」

藤原は、根津の顔を想い浮かべながら、吐き出すように言った。

屋上を吹き抜ける風が、薄くなった彼の髪を乱した。

彼は、退職までにはなんとしても、根津に対して真正面から反抗心をむき出しにするつもりでいた。一度でもそうしないと、気が済まなかった。それが、自分の人生の総決算のような気がした。

しかし、根津の前に立つと、決まって心臓が震え足が竦むのだった。頭の中で準備していた罵倒《ばとう》の言葉も、気管のあたりにひっかかって出てこない。

小心の彼が、最近になってようやく出来るようになったのは、終業ベルが鳴ると同時に仕事を切り上げることであった。それも退職金を手にして、ようやく実行に移せた〈反抗〉であった。

「藤原さん」

誰かに、背後から声をかけられて、藤原は振り返った。

財務課長の加侍信造《かじしんぞう》が、複雑な表情で、屋上の出入口のところに立っていた。

藤原は、それほど親しくもない加侍の顔を怪訝《けげん》そうに眺めた。

日頃は、滅多に話を交わすことのない二人である。

「恐らく、此処ではないかと思いました」

加侍は、藤原の目が赤いのに気づいて、視線をそらしながら言った。

彼は、昨年春の人事異動で、横浜《よこはま》支社の経理課長から本社の財務課長に栄転してきた、藤原の二年後輩であった。

経理部内では、誰に対しても礼儀正しい人物として、評判がよかった。

加侍は、藤原と肩を並べて、スモッグに包まれた灰色の都会を眺めた。

「私も、あと二年で定年です」

加侍が、しんみりとした口調で言った。

藤原の表情が動いた。彼は、眩《まぶ》しそうに加侍の横顔を見つめた。

「一番下の娘が、まだ大学一年なんですよ。私大なんで金がかかりましてね」

藤原は、暗い声で言う加侍に、黙って煙草を勧めた。加侍が、恐縮しながら煙草を一本抜き取った。

「藤原さんを見ていると、自分のことのようにつらくて……」

加侍が、煙草をくゆらせながら呟いた。

藤原は、加侍の正直すぎる言葉に、やりきれなさを覚えた。

「加侍さんは課長だし、定年前になって私のような、ひどい扱いは受けないですよ。それに根津部長の信頼も厚いようだから、次長にはなれるでしょ」

「どうですかね。会社というところは、用のなくなった人間には冷たいですから」

「私は、十五年前の事件の責任を負わされているんですよ。ご存知《ぞんじ》でしょう。五百万円の盗難事件」

「本社勤務の浅い私は、詳しいことは知りませんが、藤原さんが責任を負わされて人事的制裁を受けられたことは、噂《うわさ》として知っていました」

「加侍さんは有能だから、定年を迎えても、根津部長が系列会社への再就職を、世話して下さいますよ」

「人生なんて、淋しいものですね」

「加侍さんには、ご家族がおありなんでしょう。六十になった今の私には、一人の家族もいないんです。妻は病死したし、一人娘も結婚して家を出ました。手元に残っているのは退職金と預金を合わせた千百六十万円だけです。これがいわば私の人生の決算書ですよ」

「人生の決算書……」

呟く加侍の口元が歪んだ。

加侍は、二年後の自分を考えて、自分も藤原のようになるのではないか、と不安になったのである。

その一方で、藤原よりは世渡りが上手《うま》いから、彼のようなみじめさを味わうことはあるまい、という控え目な自信もあった。

「此処へは、私のことを心配して？」

「ええ、他人事《ひとごと》とは思えなくて」

「ありがとう、加侍さん」

感情を抑えて言ったつもりであったが、藤原は、語尾が震えるのを隠せなかった。

衆目の中で、根津に恥をかかされた後だけに、人前で弱気を見せたくはなかった。

意地でも、根津なんか平気なんだ、という態度をとりたかった。

「うちの会社、倒産しませんかね」

藤原は、二本目の煙草をくわえながら言った。矢張り語尾が震えていた。

加侍が、え？　と訊《き》き返した。

藤原は、あいまいに笑った。

「近いうちに、二人で一杯やりませんか」

加侍が、盃《さかずき》を呷《あお》る真似《まね》をして言った。

藤原は、

「いいですね」

と、頷いた。

藤原は酒を殆ど呑まなかったが、加侍の誘いが胸にこたえた。

胃痛は、いつの間にか消えていた。

4

藤原は、とうとう健康診断を受けなかった。

根津の言葉を弾き返すためにも、健康診断は受けてやろう、という気はあった。だが、いざとなると、根津に反抗する勇気は萎《な》えてしまった。

彼は、根津の言動が、自分を一刻も早く会社から追い出そうとしているように思えてならなかった。目ざわりで仕方がない、という態度を、所かまわず露骨に見せているような気がした。

一日の仕事を終えて、念のため胃薬をのんでから会社を出た藤原の足は重かった。

彼は、歩道に視線を落としながら、これからの自分の人生に何か楽しいことがあるかどうかを、考えてみた。

気持が明るくなるような出来事が、一つぐらいあるかもしれない、と真剣に模索した。

「老人ホーム……」

藤原は、なに気なく呟いた。

どうして老人ホームという言葉が口から出たのか、自分でもよくわからなかった。

そこに、何か楽しいことがある、と思っている訳でもない。むしろ彼は、

「老人ホーム……」

と呟いた自分に、衝撃を受けていた。

これまで一度だって、老人ホームのことなど考えたことはなかった。

狭い部屋に詰め込まれた老人たちの哀《かな》しげな光景が、藤原の目の前に浮かんで消えた。

（老人ホームだけは絶対に入らんぞ）

彼は、自分にそう言い聞かせた。

気がつくと、いつの間にか地下鉄の階段降り口まで来ていた。

彼は、再び黒の油性ペンを手に持って、階段を降り始めた。

三本目の黒い線は、商品を持つ女優の顔の真上を狙《ねら》った。

藤原は、不思議と最初ほどの興奮は覚えなかった。自己嫌悪に陥《おちい》ることもなかった。

馬鹿馬鹿しさだけが、虚しい後味となって残った。

彼は、ホームに通じる階段を降りながら、ふと足をとめた。

いつもは帰宅の遅い根津が、階段に近いホームに新聞を読みながら立っていた。根津の掛けている金ぶち眼鏡が、ホームの明りを反射して光っている。

「今さら健康診断でもあるまいに」

と言った根津の言葉が、不意に藤原の耳元で甦《よみがえ》った。

藤原は、新聞を読んでいる根津の横顔を、じっと睨みつけた。根津に対する抑えようのない憎悪《ぞうお》が、体の中で轟轟《ごうごう》と音をたてているようであった。

ホームは上下線とも、乗客で溢《あふ》れていた。

階段を降りた藤原は、根津が並んでいる列の後ろのほうに立った。

藤原は、根津がそこにいる、というだけではらわたが煮えくり返るようであった。

電車がやってきた。

根津が、新聞を四つに折りたたんだ。

電車のドアが開いて、乗ろうとする客の列が、電車から降りようとする客とぶつかり合った。

力と力の押し合いが続いて、乗客の列が乱れた。電車から降りようとする客の罵倒が飛んだ。

藤原の目には、誰も彼もが今日一日の仕事で疲れ苛立《いらだ》っているように見えた。

小柄な彼は、ドアの脇にするりと体を滑り込ませた。

根津が目の前で、背中を見せて立っていた。

根津の背広は、強いオーデコロンの匂《にお》いがした。

電車が動き始めた。

「降りられなかったじゃないか！」

前のほうで、誰かが大声で叫んだ。

電車が速度をあげた。

藤原は、そっと手を動かすと、革カバンのチャックを開けて、右手を入れた。広告面に黒い線を引いた時とは違った激しい興奮が、藤原を包んでいた。

革カバンの中をまさぐる藤原の指先に、黒の油性ペンが触れた。

藤原は、生唾《なまつば》を呑み込んだ。膝頭が、小刻みに震えているのがわかった。

藤原は、頭上の中吊《なかづ》り広告を眺めるふりをしながら、革カバンの中から黒の油性ペンを取り出した。

電車が、左へカーブし、乗客がひとかたまりになって揺れた。

根津の背中が、背の低い藤原の顔に、したたかにぶつかった。

藤原は、夢中で黒の油性ペンを縦に引いた。

ひと呼吸おいて、次に右カーブが襲ってきた。

小柄な藤原は、根津にもたれかかるようにして、黒の油性ペンを横に引いた。

二度とも、根津のズボンを汚した、確かな手ごたえがあった。

藤原は、体中の力が抜けていくような気がした。

根津に対して、直接手を下したことの恐ろしさが、津波のように押し寄せてくる。

ざまあみろ、という気持よりも、とり返しのつかぬことをしてしまった、という怯えのほうが強かった。

藤原は、黒の油性ペンを革カバンの中へしまった。

電車がまた揺れて、根津の背中が藤原を押した。

いつもは短く感じる次の駅が、なかなかやってこない。

藤原の額に、小さな汗の粒が滲み出した。腋《わき》の下が、冷や汗で濡れている。

根津が、向きを変えるつもりなのか、体を動かした。

藤原は、心臓が凍《こお》った。

根津の横に立っていた背の高い男が、満員の中で体を動かす根津を、睨みつけた。

根津の動きが、途中で止まった。

藤原には、その背の高い男が、救いの神に見えた。

電車がホームに滑り込んだ。

根津が、また少し体を動かした。

藤原は、ゆっくりと停車する電車を、腹立たしく思った。

彼は、ドアが開くと、根津に背を向け、人の流れに押されるようにして電車を降りた。いつも藤原が乗り降りしている駅は、まだ三つも先であった。根津は、更にその二つ先で降りる。

だが藤原は、これ以上根津と一緒の電車に乗り合わせる勇気がなかった。

藤原は、首を竦《すく》めるようにして、電車から離れた。後ろ姿を、根津に見られているのではないか、と気になった。根津の、あの意地悪そうな目が、何処までも追ってきそうに感じた。

藤原は振り返って、根津の様子を確かめたかった。だが、後ろを振り返るだけの度胸はなかった。

藤原は改札口を出て、そのままデパートの地下一階へ入っていった。そこは、食料品売場になっており、会社帰りのサラリーマンで、ひどく混雑していた。

むっとする、魚介類の臭いが充満している。

彼は、目の前で売られている鮮魚を見ると、急に胸のむかつきを覚えた。胃の痛みが、思い出したように脈打ち始める。

彼は、近くにあったエスカレーターで一階へ上がると、外へ出た。外の空気は、車の排気ガスの臭いが強かった。

デパート前の道路は、車が長い列をつくっていた。

胃の痛みが、次第に強まってくる。会社を出た時に飲んだ神経性胃炎の錠剤は、全く効いていなかった。

(まさか、胃癌じゃあないだろうな)

彼は、みぞおちのあたりを押さえながら、癌で死んでいった妻サワの、痩《や》せて無残な死に顔を思い出した。

藤原は、あんな痛ましい死に方はしたくない、と思った。

穏やかに、綺麗《きれい》に死にたかった。

（この痛みの原因は、根津にある。奴は私の老後を奪った……）

藤原は、根津部長の出世は自分を踏み台にしたものだ、と思った。

「殺してやりたい……」

藤原は、当てもなく歩きながら、幾度も呟いた。

彼は、本当に根津を殺したかった。根津を殺せば、自分の人生の決算書に、少しは潤いが出てくるような気がした。

（法律さえなければ……）

藤原は、心底から、そう思った。

5

「もう一軒、いい所を案内しますよ。秘密の場所なんですけどね」

加侍が言った。呂律《ろれつ》がかなり乱れている。

時刻は、すでに午後十一時を過ぎていた。

藤原は苦笑しながら、

「行きましょう」

と言った。

加侍の意外に陽気な呑みっぷりが、鬱屈《うっくつ》した藤原の気分を明るくさせていた。酒を呑まない藤原は、殆ど素面《しらふ》であった。それだけに、昼間は礼儀正しい加侍の違った一面が、詳細に観察できた。

加侍は藤原を、新宿《しんじゅく》西口にある、小綺麗な小料理屋へ連れていった。午後十一時だというのに、店はかなり混んでいた。店は、それほど大きくない。

二人は、白い割烹着《かっぽうぎ》を着た店の若い女の子に、二階の個室へ通された。

「藤原さんは、吉田専務や根津部長を殺したいほど憎いでしょう」

座卓の前に腰を下ろすなり、加侍がれろれろした口調で言った。藤原は、思わずドキンとなった。

「隠さなくたって、僕にはわかりますよ。藤原さんの気持は、何もかもよくわかっているんです」

加侍は、膝の上に両腕を突っ張って、少し力《りき》んだ顔つきをした。それでも肩の上に乗った首は、左右にふらついていた。瞼《まぶた》が、半ば垂《た》れている。

「今日は、会社の話はしない約束でしたでしょう。気が滅入《めい》りますよ」

「あ、そうでしたね。ところで、藤原さんはこの店、初めてでしょう」

加侍は小さなゲップを放ったあと、意味あり気に笑った。

「私は、あまり酒を呑まないものですから、呑み屋は殆ど知りません」

「内緒ですが、ここの女将《おかみ》ね、吉田専務のコレですよ」

加侍が、左手の小指を立てて見せた。

藤原の顔つきが変わった。

「矢張り知らなかったんですね。今や経理部の管理職は、たいがい知っています。半ば公然の秘密というやつですよ」

「へえ……」

藤原は、吉田専務の秘密をやすやすと打ち明けた加侍が、昼間とは別の人間に見えだした。加侍に対するそれ迄の親しみが、急速に冷えていく。

藤原は、改めて純和風の部屋を見回した。

床の間のついた、落ち着いた雰囲気の部屋であった。素人目《しろうとめ》にも、かなり金をかけた部屋であることがわかった。

藤原は、次第に不愉快になってきた。

定年を控えた者と、愛人に小料理屋を経営させている者、なぜ人生にはこんなにも残酷な隔たりがあるのか、と思った。

「この店には、経理部の管理職以下の者は来てはいけないことになっているんです。でも、今夜は藤原さんを励ます会だから特別です」

加侍は、欠伸《あくび》をしながら言うと、座卓に顔を突っ伏した。

座卓の上にあった盃が、加侍の肘《ひじ》に弾かれて、畳の上に落ちた。藤原は、その盃を拾い上げた。

「定年がなんだ、定年が……」

加侍が、聞きとり難い声でぶつぶつ言った。

そこへ、さきほどの若い女の子が、酒と肴《さかな》を運んできた。

「加侍課長さん、だいぶ酔ってらっしゃいますね」

女は、藤原に小声で言うと、肩をすくめて部屋から出ていった。

藤原は、女の様子から見て、加侍はかなりこの店へ出入りしているな、と思った。

加侍が、いびきをかき始めた。

(この男も、間もなくやってくる定年に怯えている)

藤原は醒《さ》めた目で、加侍を見つめた。

二年後に定年を控えている加侍に対する同情の気持は、皆無だった。

他人のことより、自分のことで苦悩の毎日を送っている藤原である。加侍に同情する、気持の余裕などなかった。

藤原の目には、吉田専務の女の店に、自由に出入りを許されている加侍が、根津と一心同体に見えた。

（この男に、うっかりしたことは言えないな）

藤原は、白けた気分で呑めもしない酒を盃に注《つ》いだ。

彼は、自分のまわりにいる者のすべてが、吉田専務か根津部長の息がかかっているような気がしてきた。

藤原は顔をしかめて、たて続けに盃を呷った。鼻にツンとくる、このアルコールの匂いが、彼は嫌いであった。とくにサワが死んでからは、アルコールの匂いを嗅《か》ぐと、病院の診察室や病室の光景を思い出す。

部屋の外で、人の気配がして障子が開いた。更紗《さらさ》文様の小紋《こもん》を着た中年の女が、

「これは、ようこそ」

と、言いながら部屋の中へ入ってきた。色の白い、面長な顔だちの女である。

女は、かなり酔っているのか、いったん正座した膝を崩して、加侍の肩に手をやった。

藤原は、

（専務の女だな）

と思った。

「初めまして……」

女は藤原に軽く頭を下げると、加侍の肩を揺《ゆ》さぶって、

「加ぁさん……」

と言った。

藤原は、女に無視された、と思った。女の態度に、一見客《いちげん》に対する傲慢《ごうまん》さがあった。

加侍は、いくら肩を揺さぶられても、目を醒まさなかった。

「同じ会社のかた？」

女が、仕方がないという顔つきで、藤原のほうへ体の向きを変えた。

藤原は、それに答えずに、

「女将さんですか」

と訊ねた。

「あら、わかりますの」

「なんとなく……」

藤原は、女将に酒を勧めながら、愛想よく笑った。女将が、加侍の盃を手にとった。

藤原は、女将の後ろに吉田専務の顔が、見え隠れしているような気がした。

どうして、客が店の女に酒を勧める必要があるんだ、と思いながら彼は二度、三度と女将の持つ盃に酒を注いだ。

彼は、女将を通じて吉田専務の前にひれ伏している自分に気づいていた。それでも彼は、女将の機嫌をとろうとした。

吉田専務や根津部長の顔色ばかりを気にしてきた習性が、女将に対してもいつの間にか出ていた。

最初に女将に無視された不快感よりも、いま女将と向かい合っている雰囲気のほうを大事にしたい、という気持が強かった。

藤原は、女将が自分の話し相手になってくれたことが、少しばかり嬉《うれ》しかった。会社で無視されている自分が、吉田専務の女に話しかけられているという、どこか歪んだ満足感があった。

「どうせ私と吉田のことを、加侍さんから詳しくお聞きになっているのでしょう」

女将が、探るような流し目を見せて言った。女らしい媚《こび》を含んだ目の色であった。

「ええ、まあ……」

藤原は、言葉を濁して頷いた。

自分のことを知られているとわかって、女将の態度がなれなれしくなった。

女将が、藤原の盃に酒を注いだ。

「いいお店ですね。気に入りましたよ」

「吉田に大分と無理を言いましたの。土地は私が買ったのですけれど、建物は吉田の名義ですのよ」

「ほう……それにしても、女性のあなたが、新宿西口の土地を買うなんて、たいしたものです」

「十七年間、銀座《ぎんざ》のクラブで働いて貯めた資金を、全額土地に投資しましたわ。建物をつくる資金で悩んでいるときに、吉田が助けてくれましたの」

酔った女の口は、軽かった。藤原に対する警戒心を、全く見せていない。

藤原は、自分とは比較にならない、凄《すさ》まじい女の生活力に触れて、鼻白んだ。

三十六年間働き続けて、家一軒持てない男と、十七年間銀座のクラブで働いて、新宿の一等地に店を構えた女との差が、藤原には、どうにも堪《たま》らなかった。

こんなひどいことがあって良いのか、という憤りが湧き上がってくる。

「お名刺を下さらない？　課長さん」

女が言った。

加侍と同じ世代と見て、藤原を課長と思ったのだろう。

藤原は、いきなり女から名刺を求められて狼狽《ろうばい》した。

「ちょうど切らしていてね、この次に持ってくるよ」

藤原は、盃を呷りながら、女の要求から逃《のが》れた。

女に「課長さん」と呼ばれたことが、藤原の胸を抉《えぐ》っていた。

名刺は持っていた。刷《す》られている肩書は、『経理部付・主任待遇』であった。

この名刺によって、十五年の間自尊心も誇りも、ズタズタにされてきた藤原であった。

彼はそんな名刺を、女将に見せたくはなかった。見せれば、たちまち女将の態度が豹変《ひょうへん》することは、目に見えている。

「本当に、造りのいい部屋だ。木の香りがしている」

藤原は、話題をそらした。

女将が、クスリと笑った。

「もう十五年も経《た》ちますのよ。木の香りなど、とっくに消えていますわ」

「十五年……」

「正直言いますとね、この店を建てる時は、吉田もあまりお金がなくて、建築資金の一部が不足していたんですのよ。それを根津部長さんが助けて下さいましてね」

「根津部長が？」

「銀行と裏交渉して、吉田のために五百万円の現金を用立てて下さったの。おかげで吉田は、いまだに根津さんに頭が上がらないらしくって……」

女は、ほほほっと笑いながら、手酌でたて続けに酒を呷った。

女の目は、すでにすわっていた。したたかな酔いが、女をすっかり無防備にしていた。

藤原は、自分の体から、すうっと血の気が失《う》せていくのがわかった。

とっさには、女の言ったことが、信じられなかった。

「このお店の建築を始められたのは、十五年の前のいつ頃です？」

訊ねる藤原の声が、うわずっていた。

「あれは……確か、十月の二十六日か七日だったわ」

女将はそう言うと、加侍の肩にもたれかかって、目を閉じた。

藤原の顔は、蒼白《そうはく》になっていた。

五百万円の盗難があったのは、十五年前の十月七日である。それは、藤原にとって、忘れようとしても忘れられない日であった。

その盗難の日から三週間後に、この店の建築工事が始まっていたのだ。しかも、建築資金の五百万円を、根津が用立てたと言う。

おかしい、と藤原は思った。

彼は、立ち上がった。思いがけない事実を知って、膝頭が烈《はげ》しく震えていた。

「あら、お帰り？……」

女将が、虚《うつ》ろな目で藤原を見上げた。立てそうにないほど、酔っている。

藤原は、座卓の上に一万円札を置くと、加侍を部屋に残したまま店を出た。

彼は、茫然《ぼうぜん》とした気分で、深夜の新宿をうろついた。

女将の話は藤原にとって、青天の霹靂《へきれき》であった。

藤原は、懸命に冷静になろうとした。だが、昂《たか》ぶった気持は、容易には鎮《しず》まらなかった。

（根津部長は、本当に銀行と裏交渉をして、五百万円を借りたのか……）

藤原は、それが事実かどうか知りたかった。それさえわかれば、五百万円の消失事件は、一気に片《かた》が付《つ》く。

だが、個人の借金の有無を、銀行が打ち明けてくれるはずがない。ましてや、根津は大企業の取締役経理部長である。

(この事件のために、私は十五年間、冷飯《ひやめし》を食ってきたんだ)

事実を知りたい、と藤原は思った。

何杯か呑んだ酒が、藤原の感情を荒らげていた。根津への怒りと憎しみが、体の中で沸騰している。

「会社なんか、潰れてしまえ」

藤原は、いきなり大声を張りあげた。

傍《そば》を通り過ぎた四、五人の酔漢が、立ちどまって藤原を見た。そのうちの一人が、

「馬鹿野郎っ」

と怒鳴《どな》った。

藤原は、振り返ると敵意をこめた目で、相手を睨み返した。気持が異様に昂ぶっていた。

藤原はタクシーを拾った。根津の自宅を訪ねるつもりであった。出納課長の頃、根津の自宅へは正月に二度ばかり、招かれたことがある。

呑みなれない酒を呑んで、藤原は大胆になっていた。

彼は、根津が吉田専務に都合《つごう》した五百万円の出所について、根津に直接、問《と》い質《ただ》すつもりであった。

そうしないと、自分の気持が、おさまらなかった。

時刻は午前零時に近かった。だが、藤原には、もはや時間的感覚がなくなっていた。

アルコールが、藤原の五体を灼熱《しゃくねつ》状態にしていた。藤原は、その熱さを根津に対する自分の怒りだ、と思った。
三、四十分ほどタクシーに乗って、藤原は根津の自宅近くに着いた。
彼は、タクシーを帰らせて、深夜の住宅街に立った。

十数メートル先に、瀟洒《しょうしゃ》な根津の自宅があった。その家を見て、藤原の怒りがいっそう激しくなった。

藤原は、あたりを見まわした。

すぐ傍に、公衆電話ボックスがあった。

藤原は、足早に電話ボックスに向かった。まず電話で、根津を叩き起こすつもりであった。

ダイヤルを回すと、数度の発信音があって、中年の女の声が藤原の鼓膜を打った。

「根津部長さんを電話口へ出して下さい」

藤原が威嚇的に言った。

「主人は、会社からまだ戻っておりませんが、どちら様で？」

「それじゃあ、結構」

藤原は受話器を叩きつけるようにして切ると、肩で荒荒しく息をした。

6

翌朝、藤原はいつもより三十分早目に、会社へ行った。

自分が一番の出社だろうと思って、経理部の部屋へ入っていくと、昨夜あれほど酩《めい》酊《てい》していた加侍が、すでに出社して仕事を始めていた。彼の他は、まだ誰も出社していない。

「ゆうべは、どうも……」

藤原が、腰を折って笑いかけると、加侍も笑い返した。

藤原は、加侍が酔いの勢いで、自分を吉田専務の女の店へ連れていってくれたのだろう、と思っていた。しかし加侍には、禁を犯したおどおどした様子はなかった。後悔しているふうでもない。

加侍を、根津部長と一心同体ではないか、と見ていた藤原の気持に、微妙な変化が生じた。

「女将と話しましたか？」

加侍が、帳簿に印鑑を押しながら訊ねた。その声が、ガランとした経理部の朝の空気を、震わせた。

藤原は、窓際の机の前に座ると、

「ええ、とても楽しく……」

と答えた。

そこへ、四、五人の女子社員が、

「おはようございます」

と言いながら、入ってきた。

藤原と加侍の対話が、とぎれた。

藤原は、窓の外を眺めながら、今日は何の仕事をしようか、と思案した。

藤原には、定型業務が与えられていない。朝出社すると、今日一日の仕事を自分でつくる必要があった。

たいていは、経理課の応援業務で一日が終わる。

（あと七日か……）

藤原は、自分の机を撫《な》でた。

十五年前は、課長用の大きな机を使っていたが、今は平社員と同じ机であった。

藤原は、苦痛を共に背負ってきたこの小さな机に、愛着があった。

自分の思いも体温も、この机にしみわたっているような気がした。

（いよいよ、お別れだな。お前も、よく頑張ってくれた）

藤原は、ズボンの後ろポケットからハンカチを取り出すと、丁寧《ていねい》に机の上を拭《ふ》いた。

加侍が、眉間《みけん》に縦皺《たてじわ》を寄せた。憂いの表情でじっと藤原を見つめた。

藤原は、加侍の視線に同情の気配があるのを感じた。

藤原には、それが眩しかった。恥ずかしくもあった。

暫《しばら》くして根津部長が、経理部の入口に姿を見せた。

机を拭いていた藤原の動きがとまった。根津を見る藤原の目に、ジワリと怒りが湧き上がった。

「加侍君……」
根津は、入口のところに立ったまま、ひどく緊張した顔で、加侍を手招いた。
加侍は、立ち上がって一礼すると、足早に根津の傍へ行った。落ち着いている。
根津は、一度も藤原のほうへ視線を向けなかった。
藤原が、出社していることに気づいていないような、無視した態度であった。
根津は、小声で加侍に一言二言話しかけると、部屋の外へ出て行った。
加侍が、藤原のほうを振り返ってから、根津のあとに従った。
藤原は、振り向いた加侍の顔が、ひきつっているように見えた。
(どうしたんだろう……)
藤原は、加侍がなぜ自分のほうを、振り返ったのか気になった。
出社早早の、根津の緊張した顔も、いつもとは違っていた。
はっきりと険《けん》があった。
昨夜、吉田専務の女の店へ行っているだけに、藤原は不吉なものを覚えた。
藤原は根津への怒りを抑えながら、経理課長の席へ行った。
根津が吉田に都合した五百万円の出所に対する疑惑は、昨夜以上にふくらんでいた。

「何か手伝うことある?」

藤原は、経理課長に訊ねた。

「いえ、今日は結構です」

「そう……」

仕事の応援を断られたとき、藤原はいつも名状《めいじょう》し難《がた》い屈辱を覚える。

時には、顔が真っ赤になることもあった。自分の存在価値が、無視されたように思えるのだ。

十五年前の事件以来、自分の存在を無視されることに、恐怖感すら抱いている藤原だった。

藤原は、監査課長のほうへ、足を向けた。

「何か応援しましょうか」

「今のところ、ないですね。ま、のんびりして下さい」

「のんびり?……」

藤原は、思わずムッとなったが、わざと口元に笑みを浮かべて、自分の席へ戻った。そんな演出しか出来ない自分が、悲しかった。

監査課長が、善意で「のんびり」という言葉を口にしたことは、わかっていた。

だが、今の藤原は、我武者羅《がむしゃら》に仕事に追われていたかった。

あと七日間、自分の存在価値を、少しでも高めたいのだ。

根津と加侍が、部屋に戻ってきた。

根津は、機嫌のよい微笑を見せていたが、加侍の表情には、苦悩が満ちていた。

加侍は、自分の席に座るとき、手持ち無沙汰の藤原のほうを一瞥《いちべつ》した。

それは、根津に遠慮しているような、目配りであった。

加侍が、部下の係長に何事かを指示した。係長が頷いて、分厚い伝票を持って藤原のところへやってきた。

「申し訳ありませんが、この伝票の仕訳《しわけ》チェックを午前中にお願いできますか」

係長が、遠慮がちに言った。

「いいとも」

藤原の顔が、ぱっと明るくなった。

「午後からは、また別の仕事を手伝っていただきたいんです」

係長が言った。

藤原は、胸が熱くなって、返す言葉がうまく口から出なかった。

根津が白い目で、藤原を見ていた。

（今に五百万円の出所を突きとめてやる）

藤原は、根津への憎悪を噛みしめながら、自分に誓った。

藤原は、馴《な》れた手つきで、伝票をめくり始めた。

数分も経たないうちに、伝票の上に涙が一粒落ちた。怒りと悲しみのこもった涙であった。

彼は、伝票をめくりながら、加侍のことが気になった。

（昨夜のことを吉田専務が知って、加侍課長を叱《しか》ったのではないか）

藤原は伝票をめくる手を休めると、さり気なく立ち上がった。

その拍子に、根津と視線が出合った。藤原は、敵意を漲らせて相手を見た。

根津が、プイと顔をそむけた。

吉田専務の女から、五百万円の衝撃的な話を聞かされてから、根津に対する恐れは、消えていた。

根津に見据《みす》えられると、かえって憎悪と怒りが増幅する。

藤原は、根津と吉田が共謀して五百万円を盗んだか、根津が点数稼ぎのために単独で五百万円を盗んで吉田に用立てたに違いない、と推測した。

問題は、何一つ証拠がないことであった。しかも、事件は十五年前に、藤原を処分することで終わっている。

それでも彼は、断固として、この真相を確かめる必要がある、と思った。そうでないと、自分の人生に大きな悔恨《かいこん》を残すことになるような気がした。

藤原には、根津が犯罪者に見えた。

（奴がもし、悪いことをしているんなら、怖くもなんともない）

藤原はそう思った。根津の猜疑《さいぎ》的で冷ややかな目に太刀《たち》打《う》ちできる勇気が腹の底から噴き上がってくる。

藤原は、ハンカチを手にトイレに行く振りを見せて、経理部の部屋を出た。根津の視線が、藤原を追った。

藤原は、その視線を意識して露骨に肩を怒らせた。

彼は階段伝いに五階へ上がると、人気《ひとけ》のない大会議室へ入って、財務課長席の内線番号を回した。

加侍が、電話口に出た。

「藤原ですが、何かあったのですか、加侍さん」

「な、いや……べつに」

いきなりの内線に、加侍は狼狽していた。

「昨夜の件、吉田専務に叱られたのでは?」

「いいえ。その話は一言も出ませんでした」

加侍が、ようやく落ち着きを取り戻して、小さな声で言った。

「それじゃあ、ほかに何か?」

「仕事のことですよ」

「そうですか」

藤原は、加侍の右手七、八メートルのところにいる根津の視線の動きを想像して、内線を切った。あまり長く話をしていると、根津が不審がる恐れがあった。

そうなると、加侍に余計な迷惑がかかる。藤原は、自分の席へ戻るとまた伝票をめくり始めた。

(奴が犯人なんだ。そうに決まってる)

藤原は、なんとかして根津に一矢《いっし》を報《むく》いたかった。たとえ根津が犯人でなくとも、根津に一撃を加えないと気が済まなかった。

根津によって自分の人生を狂わされたという藤原の考えは、すでにどうしようもないほど強固なものになっていた。

(私が殺し屋だったら……)

無数の銃弾を根津の顔や腹に撃ち込んでやるのに、と思った。

そんなことを考えている藤原の傍へ、根津が足音もなくやってきた。

藤原は、伝票をめくる手を休めて、机の前に立った上司を激しい目つきで見上げた。怖くなんかないぞ、と思いながら、一方で自分の心臓が躍《おど》っているのがわかった。

「この表を、すぐに清書したまえ」

根津が、数枚の書類を藤原の机の上に投げ出した。一枚の書類が、藤原の足元に落ちた。

「今日中では駄目ですか。午前中に伝票チェックを済ませたいので……」

藤原が、足元に落ちた書類を拾い上げながら言った。

反抗的な口調であった。

根津のこめかみの血管が、浮き上がった。

「君は何を言っとるんだ。私は、すぐに清書しろと命令しとるんだよ」

「でも……」

「仕事の軽重《けいちょう》の判断もつかないのかね。そんなことだから、現金盗難事件が起こるんだ」

根津が、強い口調で言った。

藤原の怒りに火がついた。大勢の経理部員の前で、根津が十五年前の悪夢を口に出したのである。

その悪夢を、自分の人生における恥部だと思っている藤原は、体中の血が、一瞬のうちに爆発するのがわかった。

経理部員たちは、息をひそめて、二人を見守った。彼らは藤原の怒りの気配を、敏感に嗅ぎとっていた。

「ともかく、すぐにやりたまえ。君も定年ぎりぎりまで最低評価でいたくはあるまい」

根津が、口汚なく言い残して、藤原に背を向けた。

下唇を噛みしめていた藤原が、いきなり立ち上がった。椅子が、後ろに倒れて、大きな音をたてた。

根津が、ギョッとしたように振り向いた。

「根津部長……あなたは、どこまで私を侮辱したら気が済むのです。なぜ今さら十五年前の事件まで持ち出して……」

藤原は、肩を激しく震わせて、声を張りあげた。目が、血走っていた。

「侮辱？……君を侮辱して、私になんの得があると言うんだね」

「損得の問題ではありません。あなたは、この十五年間、私に地獄の苦しみを与えてきた。まるで私を一刻も早く会社から追い出そうとでもするかのように……」

「甘えるのも、いい加減にしたまえ。私は、誰に対しても厳しい。侮辱だの地獄だのは、関係ない」

根津も激昂《げきこう》して言い返した。

だが、藤原はひきさがらなかった。

「綺麗ごとは言わないで下さい。あなたは私を故意に……」

「私の下で仕事をするのが嫌なら、いますぐに会社を辞《や》めたまえ」

「なんてことを……それが定年を控えた部下に対して言う言葉ですか」

「だから君の考えは甘いと言うんだ。私は、下《くだ》らん人間を相手にするほど暇じゃない」

根津は、藤原に背を向けると、肩を怒らせて自分の席へ向かった。

藤原が、机の上にあった算盤を手にして、根津に挑みかかろうとした。

加侍が、駈け寄りざま、藤原の両肩を強く押し戻した。

「離してくれ、加侍さん……離してくれ」

藤原は、髪を振り乱して、算盤を振り上げた。

「よせっ、よすんだ、藤原さん」

加侍が、大声で怒鳴った。強い意思を持った声であった。

加侍の目から、涙が落ちていた。動転している藤原は、それに気づかなかった。

「殺してやる！」

藤原が、絶叫した。こらえにこらえてきた、怒りの噴出であった。

7

藤原にとって、最後の終業ベルが遂に鳴った。

彼は、社内に鳴り響くベルの音を聞きながら、自分の人生が終わったような気がした。

彼は、根津のほうを見た。根津は、机の上に積まれた書類に、決裁印を押していた。

根津に対して、算盤を振り上げた時の光景が、藤原の瞼《まぶた》の裏に浮かんだ。

藤原は、加侍が制止に入ったことが、残念でならなかった。

自分にとって、なくてはならぬ機会を、加侍に奪われたような気がした。

もっとも、そのことで加侍を恨む気にはなれなかった。

終業ベルが鳴りやんだ。藤原と会社の雇用関係が清算された一瞬であった。

藤原は、三十六年に及ぶ自分と会社との絆《きずな》が、プツンと音をたてて断たれたように思った。

(二度と絶対につながることのない、縁切れだ……)

藤原は、そう思いながら机と椅子を撫でた。机の上に載っている、ボールペンや定規にまで、愛着があった。

(もっと此処で仕事がしたい……)

藤原は、短くなった赤鉛筆を掌の中に握りしめながら、思った。

胸が、はり裂けそうであった。

加侍が、酒の勢いで専務の女の店へ連れていってくれたのか、何かほかに魂胆《こんたん》があって連れていってくれたのか、とうとうわからずじまいであった。

あの翌朝、加侍が根津に呼ばれて、経理部の部屋から出ていった理由も、わからなかった。

寡黙《かもく》な加侍は、何も語ろうとしない。

だが、藤原は、加倖が悪い奴ではない、ということに確信を持った。そのことを知っただけでも、藤原は満足であった。

彼は、吉田専務と根津部長に、定年退職の挨拶《あいさつ》をしないつもりであった。

十五年前、根津が吉田に用立てた五百万円の出所の確認は、まだとれていない。

だが藤原は、どんなことがあっても五百万円の出所を追及するつもりであった。

藤原は、今の激しい怒りを、どうしてももっと早く持てなかったのか、と悔やんだ。

根津に対する憎しみが、やり場のない苛立《いらだ》ちをともなって、体の中で吹き荒れていた。

根津が、書類を持って立ち上がった。

いったん藤原のほうへ視線を向けたが、関係ない、というような顔をして、部屋の出入口のほうへ歩いていった。

（憎い……）

藤原は、根津の後ろ姿を睨みつけた。

彼は、自分に人を殺す勇気があったら、と思った。

藤原は、私物の整理を始めた。私物と言っても、今日に備えて少しずつ持ち帰っているため、たいした物は残っていなかった。

電卓、何冊かの専門書、鉛筆の芯《しん》をとがらせるための切り出しナイフ、座布団などであった。

加侍が、藤原の傍にやってきた。

藤原は、立ち上がって、黙って右手を差し出した。

加侍が顔を歪めて、藤原の手を握り返した。手に力がこもっていた。

ほかの管理職たちは、仕事に夢中であった。今日が、藤原の定年日であることを、忘れてしまっているかのような、仕事ぶりであった。

「来月一日付で、また横浜支社の経理課長に戻ることになりました」

加侍が、小声で言った。

藤原は、愕然《がくぜん》として加侍の顔を見返した。

加侍は、自嘲《じちよう》気味《ぎみ》に笑った。

「専務と部長には、形式的にしろ定年退職の挨拶をなさったほうがいいですよ」

「加侍さん、あなた……」

藤原が、何かを言おうとすると、加侍は藤原の肩を叩いて、自分の席へ戻っていった。

藤原は、暫くの間、その場に棒立ちになっていた。

本社へ栄転してきた加侍が、元のポストへ戻るということは、明らかな左遷である。

（根津の奴……）

藤原の目が、ギラギラした光を放った。

彼は、本と電卓を革カバンにしまうと、切り出しナイフをズボンのポケットに入れ、座布団は二つ折りにたたんで、屑籠《くずかご》の中へ詰め込んだ。残った小物は、机の引き出しへ入れた。

これで、私物の整理は終わりである。あとは、会社を離れるだけであった。

藤原は、ゆっくりと経理部長席へ歩み寄ると、やにわに右手の拳を振り上げて、根津の机を殴《なぐ》りつけた。

経理部員たちが、恐ろしいものでも見るようにして、藤原を眺めた。

藤原は、精一杯の怒りをこめた目で、皆を見回した。

管理職たちの視線が、机の上に落ちた。加侍だけが、暗い目で藤原を見ている。

「何が定年だ、何が五百万円消失だ！」

藤原は拳を震わせて絶叫した。

その絶叫に、藤原の人生のすべての怒りがこめられていた。

経理部全体が、水を打ったように静まりかえった。

藤原は、経理部の部屋を出ると、エレベーターで六階へ上がった。

六階には、常務以上の役員室と、役員会議室、役員応接室、秘書室などがあった。

藤原は、吉田専務の部屋の前に立って、深呼吸をした。

専務と部長に挨拶しろ、と言った加侍の忠告を守るつもりであった。そうすることで、加侍への義理が果たせる、と思った。

降格されてからは、専務と直接話を交わす機会は、全くなくなっていた。

藤原は、ドアをノックした。中から、

「どうぞ」

と、声が返ってきた。根津部長の声であった。

藤原は、ドアを開けて、専務室へ入った。

専務の姿はなく、根津が応接ソファに体を沈めて、書類に目を通していた。

「なんだね？」

藤原を見て、根津が眉《まゆ》をひそめた。

その顔を見て、根津に対する藤原の憎悪が炎を噴き上げた。

「専務にご挨拶しようと思いまして」

「ご挨拶？……部長の私にまだ挨拶もしないうちから、専務に挨拶かね」

「いや、そういう訳では」

「挨拶なんかいい。専務は今、ご来客中だ」

「しかし……」

「だいいち、管理職でもない一介《いっかい》の社員が、部長の許可も得ずに専務室へくるとは何事かね。思いあがるのもいい加減にしたまえ」

「定年の挨拶に、思いあがりも何もありませんよ」

藤原は、青ざめた顔で言い返した。

ここで引きさがってなるものか、という気がした。

土壇場での反抗であった。

「帰りたまえ。会社と君との関係は、もう切れた」

「まだ切れてはいません。今日まで働いた給与の日割計算分は、明後日が支払い日です。それ迄は、定年ではありません」

「屁理屈《へりくつ》を言うんじゃない。ともかく帰りたまえ」

「部長っ……」

藤原は、烈しい怒りの目で根津を見据えた。

根津が立ち上がって、藤原の傍へやってきた。

藤原は、小柄な体を支えてくれている両脚を踏ん張って、相手から目を離さなかった。

「管理職でない者の定年の挨拶は、部長どまりでいい。だから帰りたまえと言ったんだ」

根津は、藤原の左肩をドンと突いた。小柄な藤原は、二、三歩うしろへよろめいた。

「帰りません。もう、あなたの命令は受けない」

藤原は、唇を震わせて言った。

「君、定年になってまで大人げない反抗を見せるのか」

「定年は明後日です」

「そんなことだから……」

「十五年前の十月に、吉田専務に用立てた五百万円は、どこで都合つけられたのです」

「なにっ」

「さ、言って下さい。どこで都合をつけられたのですか。まさか、経理部の大金庫ではないでしょうね」

「無礼なことを言うな！」

根津が、眦《まなじり》を吊り上げて、藤原の胸倉を摑んだ。藤原の片足が、浮き上がった。

その手を、藤原が力まかせに振り払った。二人の脚がもつれて、よろめいた。

「五百万円を盗んだ犯人は、部長でしょう。そうに決まっている」

藤原が、甲高《かんだか》い声で言ったとき、根津が藤原の頰を打った。藤原は、それ以上に激しく打ち返した。

予期せぬ藤原の反撃に、根津がのけぞった。

「あなたは、私の人生を狂わせた」

藤原は、ズボンのポケットに手を入れた。

「鬼め！」

藤原は、叫んだ。

彼は、自分が何をしようとしているのか、わからなかった。

「よ、よせ、誤解だ」

根津が、藤原の右手に光るものを見て、逃げ腰になった。

藤原は、小柄な体を丸めて、根津にぶつかった。

「うわっ……」

根津が悲鳴をあげた。

藤原は、根津の左胸から噴き出る血しぶきを浴びて、半狂乱になった。

憎悪が、彼の頭をかき乱していた。十五年の間、耐えに耐えてきた憎悪であった。

それが、藤原のいっさいの理性と自制力を押し流していた。

「か、金は銀行から……」

根津は、のたうちまわりながら、藤原を突き飛ばして窓際へ逃げた。その背中へナイフを振りかざした藤原が、凄《すさ》まじい形相《ぎょうそう》で飛びかかった。

十五年の怨みをこめた、復讐であった。

窓ガラスが、鮮血で染まる。

「お前を……お前を殺すことが、私の最後の……最後の勲章《くんしょう》だッ」

藤原は、泣きながら叫んだ。

離《はな》れ褄《づま》

1

本郷直文《ほんごうなおぶみ》は、専務室のドアを軽くノックした。

ひと呼吸置いて、ドアが細目にあき、専務秘書の下条洋子《しもじようようこ》が、色の白い端整な顔を、覗《のぞ》かせた。薄い唇《くちびる》が、どことなく妖《あや》しい。

「専務に呼ばれたんだが……」

「あら、知りませんでした。専務、直接次長にお電話なさったのですね」

洋子が、声をひそめて言った。本郷が、黙って頷《うなず》く。

辣腕《らつわん》重役の評判高い、営業担当専務の岡部勇之介《おかべゆうのすけ》は、部下を呼びつける時、必ず洋子に電話をかけさせる。自《みずか》ら内線番号を回すことは、滅多にない。

本郷は、専務室に入って、そっとドアを閉めた。

年商一兆二千六百億円を誇る極洋電機《ごくようでんき》の役員室は、十平方メートルほどの秘書執務室と、五十平方メートルほどの役員執務室からなっている。役員執務室へ入るには、秘書執務室を通らないことには入れない。

ただし、役員室を与えられているのは常務以上で、平取締役は現場にデスクを置いて、部下の直接指揮をとっている。

下条洋子が、机の上にあるインターホンのボタンを押して「本郷次長が、お見えになりました」と言った。

インターホンから「通したまえ」と、ドスを含んだ嗄《しわが》れ声《ごえ》がかえってきた。

洋子が、専務室のドアをあけて、体を横に開いた。

本郷が「失礼します」と言いながら専務室に入ると、背後でドアがパタンと微《かす》かな音を立てて閉まった。

営業企画部次長である本郷の上には、五期先輩の取締役営業企画部長がいる。その直属上司を飛ばして、専務から直接電話がかかってきただけに、本郷は嫌《いや》な予感がしていた。

だが専務から叱責《しっせき》されるような、仕事上の失敗をした覚えはない。三十九歳の今日まで、遮二無二《しゃにむに》、仕事に全力投球してきた、と思っている。

東大法学部を、優秀な成績で卒業したという自負もあった。

「かけたまえ」

岡部専務は、ジロリと本郷を一瞥《いちべつ》すると、応接ソファを顎《あご》でしゃくった。

本郷は、ソファの脇《わき》に立ったまま、専務が先に腰をおろすのを待った。岡部が、礼儀作法に口うるさい人間であることを、本郷はよく知っている。

岡部は、パイプをくわえながら、額《ひたい》に垂《た》れた銀髪をかきあげて、ソファに体を沈めた。

現社長が、七十二歳の高齢だけに、六十三歳の岡部が次期社長として確実視されている。

それだけに、本郷は、岡部専務の前に出ただけで、緊張した。

旧極洋財閥グループの基幹企業である極洋電機は、送変電機器の世界的メーカーとして名高く、電算機、半導体などでも、わが国電機業界のリーダー的な存在であった。

本郷は、岡部専務と向かい合って座ると、嫌な予感を嚙《か》み殺《ころ》しながら、相手の口元を見つめた。

「君は確か、次長になって、まる三年……だったな」

「はい、三年と四ヵ月になります」

「単刀直入に話そう。急で申し訳ないが、来月一日付で異動して貰《もら》うことになった」

「えッ、転勤ですか」

本郷の顔が、サッと青ざめた。妻子の顔や、購入してまだ二年にしかならない４Ｌ

DKの持ち家が、一瞬、脳裏《のうり》をかすめる。

「転勤と言えば、転勤だな」

岡部専務が、ニコリともしないで言った。

本郷を見据《みす》える目が、冷たく厳しい。

本郷は、自分の膝頭《ひざがしら》が、小刻みに震えるのがわかった。

「大事な異動なので、君を直接此処《ここ》へ呼んだわけだ。営業企画部長へは、一両日中に私から伝えておく」

「あまりに突然なので、いささか動転しています。転勤先は、何処《どこ》なのでしょうか」

「経営戦略室長のポストを君に預ける。ひとつ頑張ってくれ」

「経営戦略室」

本郷は、絶句した。予期せぬ言葉が、専務の口から出たのだ。次の瞬間、青ざめていた本郷の顔が、カーッと紅潮した。

経営戦略室は、社長直轄の組織で、極洋電機のシンクタンクとも言うべきエリート・セクションであった。出世コースの最右翼に位置しており、歴代の室長は、全《すべ》て短期間のうちに取締役となって、常務へと進んでいる。

本郷は、その経営戦略室長を命ぜられたのだ。

経営戦略室は、秘書課、監査課、事業戦略課、情報調査課、人材開発課及び広報課の六課三十八名からなっており、本郷はその頂点に立って大きな権限を握ることになる。

「ありがとうございます!」

本郷は、感激して深深と頭を下げた。

2

夜遅く帰宅した夫の目を見て、静子《せいこ》は（何か良いことがあったな）と思った。夫の目が、キラキラと輝いている。

いい目だこと、と静子は思った。

「今日、人事異動の内示があった。社長直轄組織の経営戦略室へ、室長として行くことになったよ。来月一日付だ」

居間に入るなり、本郷直文は、脱いだ背広を、投げ捨てるようにして、静子に手渡した。

静子は、チラリと微笑んで「そう、よかったわね」と言った。夫の気負いと喜びが、はっきり伝わってきた。けれど今日の静子は、何故《なぜ》か心の底から明るい気分になれなかった。ドロリとした鉛色のベールが、自分の肉体を包んでいるような気がするのだ。

この感じは、三、四ヵ月ほど前から、おこっていた。食欲は普通にあったが、体がけだるく、頭にモヤがかかっているようだった。

「どうした、風邪《かぜ》でもひいたのか。元気がないじゃないか」

本郷が、怪訝《けげん》な目で、静子を見た。

「べつに……」

静子は伏し目がちに言って、背広をハンガーに掛けた。彼女は、もともと控え目な性格の女であった。

馬車馬《ばしゃうま》のように働く夫に、黙黙と尽くしてきた。ブラウスに隠された胸は薄く、一重瞼《ひとえまぶた》のふっくらとした顔立ちは、優しかった。

「もっと大袈裟《おおげさ》に喜んでくれよ。経営戦略室長だぞ。出世の最短コースなんだ」

本郷は、妻の顔を覗き込むようにして言った。

彼は、日頃《ひごろ》から口数の少ない柔順な妻の今日の表情に、暗く沈んだ翳《かげ》りがあることに気付かなかった。はしゃぐようにして喜ばない妻を見なれていたから、いつもの控え目な妻なのだと思っていた。

「香織《かおり》は？」

本郷が、小学三年になる一人娘の名を口にすると、静子は抑揚のない静かな口調で
「もう寝ましたよ」と言った。

「風呂《ふろ》に入ったあと、ビールだ。食事はいらない」

夫が、そう言い残して、居間から出ていったあと、静子は縁側《えんがわ》に立った。夜空に、皓皓《こうこう》と満月が輝いている。

塀の向こうに黒黒とした神社の森が見えていた。

経営戦略室長のポストが、重要なポストであることは、静子にもわかっていた。ビールが入ると「いずれ必ず、経営戦略室長になってみせる」と、口ぐせのように言い続けてきた夫である。

静子は、妻として、エリート幹部である夫を今日まで誇りに思ってきた。だが、心の片隅にある一抹《いちまつ》の淋《さび》しさは、年と共に膨《ふく》らむばかりだった。

夫が帰宅するのは、早くて午後十時過ぎである。酒を飲んでの帰宅ではなく、仕事に全力投球しての帰宅であるから、妻としては文句の言いようがない。全国の営業所を見回ることが多いため、月のうち半分は家を留守にする。

経営戦略室長になると、そういった忙しさが、さらに苛酷《かこく》になることは目に見えていた。

静子は、庭下駄《にわげた》を履《は》いて、芝を張った庭に降りた。青白い満月の光が、静子にふりかかる。

静子は、夜空を仰いだ。とくに感情の高ぶりもないのに、大粒の涙がツーと、頰《ほお》を伝い落ちた。

その涙を「熱い」と静子は思った。

彼女が丹精こめて育てた鉢植えの花菱草《はなびしそう》が、居間から漏《も》れる明りの中で、オレンジ色に輝いている。静子は、この花が好きで、二十鉢ほどの花菱草を、庭の垣根に沿って並べていた。

母親に似て、娘の香織も花菱草を好んだ。

「愛らしき金のさかずきさしあげて日の光くむ花菱草よ……」

静子は、ポツリと呟《つぶや》いた。結婚間もない頃、夫が、花菱草の好きな妻に捧《ささ》げた短歌である。

静子は、その頃の夫は、もう自分の傍《そば》には、いないような気がした。

彼女は、花菱草の鉢植えを、いとおしそうに手にとった。

また涙が頰を伝った。

「愛らしき金のさかずきさしあげて……」

静子は、そこで声をつまらせると、両手で持った陶器の鉢植えをいきなり高高と頭上にあげ、縁側の下にある踏み石めがけて、力一杯なげつけた。

ガチャンと大きな音がして、鉢が粉微塵《こなみじん》となった。

彼女は、二つ目の鉢を手にとった。

奥歯が、カリッと不気味に鳴る。眦《まなじり》は吊り上がり、目は血走っていた。温厚な、いつもの顔とは、似ても似つかぬ形相《ぎょうそう》である。

一陣の風が庭を吹き抜け、静子の髪が乱れた。

「おうい、どうしたんだ。大きな音がしたが」

庭に面した風呂場の窓から、本郷の声が聞こえた。明るい声である。

「ごめんなさい。花菱草の鉢を落としてしまったの」

静子は、波打つ感情を押し殺した声で答えると、二つ目の鉢を足元に落とし、両手で顔を覆《おお》った。細い指の間から嗚咽《おえつ》が漏れる。

彼女は、自分のとった突然の行為に、恐れおののいた。自分の心の内側で、自分の意思とは関係ない、何か正体不明のものが一瞬動き始めたような気がした。風呂場で、本郷が、鼻歌を歌いだした。

3

翌朝、九時前に本郷が営業企画部次長の席へ腰をおろした時、机の上で電話が鳴った。

彼が受話器を耳に当てて名乗ると、「田代《たしろ》だが、第三応接室まで、ちょっと来てくれないか」と、淀《よど》んだ声が伝わってきた。

田代と知って、本郷の表情が止まった。現在の経営戦略室長である田代義規《よしのり》は、カミソリの異名を持つ取締役であった。すでに五十を過ぎてはいるが、間もなく常務になるだろうと社内では噂《うわさ》されている。

本郷は、電話を置いて、第三応接室へ急いだ。十階建ての極洋電機本社ビルでは、二階の全フロアーを、応接フロアーとし、十三の応接室をつくっていた。管理は、総務部が行ない、したがって総務部だけは二階で執務している。総務部にも粒よりの社員が揃《そろ》っており、企業ゴロや総会屋は、この二階でガッチリ食い止める体制になっていた。この会社は、アウトローに対して滅法強い会社、としても知られている。

本郷が第三応接室へ入っていくと、グレーの背広を着て赤いネクタイを締めた田代取締役が、ソファに体を沈めて、茶をすすっていた。テーブルの上に、大型の茶封筒がのっている。

「やあ、本郷君、忙しいところを悪いな」

田代が、弱弱しい笑みを見せて、手に持った湯呑《ゆの》みを応接テーブルに戻した。

本郷は「いいえ……」と言いながら、田代と向き合って座った。

「僕の後任として、君が抜擢《ばってき》されたことを、昨日の夕方の役員会で岡部専務から聞いたよ。頑張ってくれ」

「田代室長は、こんどは、どこのセクションを担当なさるのですか」

本郷は、田代が見せた弱弱しい笑みが気になったが、当然常務に昇進するものと思って訊《たず》ねた。

「今月末で辞《や》めて、田舎《いなか》にひっこむことに決めたんだ。極洋電機とサヨナラだよ」

「な、なんですって」

本郷は、思わず腰を浮かした。

無理もない。カミソリの異名をとる田代は、取締役の序列で筆頭に位置し、常務昇進への最短距離にいる。

「一体どうなさったんです。田代室長が、会社を辞《じ》するなんて、とても信じられません」

「訳を聞くのは勘弁してくれ。ともかく一家で田舎へひっこむことになったんだ。君を此処へ呼んだのは、これを手渡すためだよ」

田代は、応接テーブルの上にあった茶封筒を、本郷に手渡した。かなり、分厚《ぶあつ》い。

「経営戦略室として、直《ただ》ちにとりかかる必要のあるプロジェクトが五つある。その詳細な実行計画書が封筒の中に入っているんだ。特に急ぐのはカナダのケベックに半導体工場を建設する計画だよ。君の異動は来月一日付だが、来来週後半から一週間ほど、ケベックに飛んで貰うことになる」

「田代室長も同行して下さるのですか」

「いや、室員三名を連れて、四人で行ってきてくれ。君は語学が非常に堪能《たんのう》と聞いている。ケベックでカナダ政府の役人と会い、交渉してきてほしいんだ。交渉すべき項目は全て、実行計画書に明記されている」

「わかりました。実行計画書を読んで解《わか》らぬところがありましたら、ご質問しますので、よろしくお願いします」

「僕じゃなく、カナダへ連れていく三名の室員に質問すればいい。僕は、もうタッチしたくないんだよ。会社を去る身だからね」

田代は淋しそうに言うと、立ちあがって右手を差し出した。

本郷は、複雑な気持で、田代の手を握り返した。

田代が「じゃあな……」と、本郷の肩を叩《たた》いて応接室から出ていった。

本郷は廊下に出て、遠ざかる田代室長の後ろ姿を見送った。うなだれて歩く後ろ姿が、たとえようもないほど暗い。

本郷は、田代が会社を辞することが、まだ信じられなかった。カミソリ田代と呼ばれ、仕事の面でも人格の面でも、トップや部下の信頼が厚かった田代義規である。常務を目前にした、その田代が、家族と共に田舎へ引っこむという。

「なぜだ……」

本郷が呻《うめ》くように呟いた時、誰《だれ》かが後ろから、本郷の肩に手を置いた。本郷が、ビクッとして振り返ると、取締役総務部長・山上順平《やまがみじゅんぺい》の顔が、すぐ傍《そば》にあった。

「本郷君、彼は敗北者になったんだよ。家族が彼を捨てて、青森にある奥さんの実家へ行ったきり、長いこと戻ってこないんだ。彼は、その家族を追って、今の地位を捨てる決意を固めたのさ。カミソリとまで言われた男が、めめしいねえ」

山上総務部長が、囁《ささや》くようにして言った。

「子供は、もう大きいのでしょう。その子供までが青森へ？」

「彼には二十五歳になる息子がいる。だが生まれつき体が不自由なんだ。その子の前途を悲しんで、奥さんは静かな田舎へ引っ込んだに違いない。奥さんの実家は豪農《ごうのう》らしいよ。しかし、田代は東京に残って仕事に全力投球すべきだった。理由はどうであれ、田代は弱虫であり、敗北者だよ」

「私もそう思います。確かに敗北者ですね」

本郷は、肩を力《りき》ませて、勝ち誇ったように言った。田代を、卑怯《ひきょう》だとも思う。

「きのうの夕方にあった臨時役員会で、君が経営戦略室長に抜擢されたことを、岡部専務から聞いた。全役員、全《まった》く異存なく君の室長就任に賛同したよ。田代室長の業績を追い抜くよう、全力を出したまえ」

山上総務部長に励まされて、本郷は深深と頷いてみせた。輝ける未来が、自分に向かって、怒濤《どとう》の如く押し寄せて来ているような気がした。

4

午後五時の業務終了のチャイムが鳴った時、社長秘書の村野《むらの》厚子《あつこ》が、営業企画部に姿を見せた。彼女は、取締役営業企画部長の前に立つと、チラッと本郷の方へ視線を流して、何事かを囁いた。

営業企画部長が「わかった」というふうに頷いて、本郷の傍へやって来た。

「社長がお呼びだそうだ。急いで行きたまえ」

上司に言われて、本郷は弾《はじ》かれたように立ちあがった。社長秘書が、ドアのところに立って、本郷を待っている。

社長の瀬戸《せと》隆造《りゆうぞう》は、幹部を呼ぶ時、必ず秘書を走らせた。内線では絶対に呼びつけない。

本郷は、社長秘書に案内されるようにして、社長室へ行った。

瀬戸社長は、応接テーブルを隔《へだ》てて、常務取締役海外事業本部長の荒伊《あらい》俊治《しゆんじ》と向き合っていた。筆頭常務の荒伊は、極洋電機のナンバー3として、岡部専務に次ぐ実力者である。瀬戸社長に可愛《かわい》がられ、岡部専務の向こうを張る派閥を形成してもいる。

一方の岡部専務は、極洋電機の死活を握る営業本部の総帥《そうすい》として、瀬戸社長派に匹敵する強力な人脈を有していた。極洋電機の年商一兆二千六百億円は、岡部専務が築きあげたものであり、その業績をバックにした権限の行使は、何かにつけ、瀬戸社長より荒荒しく強引であった。

「いよいよ経営戦略室長だね。おめでとう、本郷君」

荒伊常務が、にこやかに言った。瀬戸社長も目を細めて上機嫌である。本郷は、丁重に頭を下げてから、ソファに腰をおろした。

「田代室長から聞いたと思うが、来来週後半にはカナダへ飛んで貰うことになる。君の企画力と折衝力《せっしょうりょく》は抜群だから、我我も期待している。ひとつ頼んだよ」

瀬戸社長が、穏やかな口調で言った。

「カナダへ行くことは、岡部専務も了承して下さっているのでしょうか」

本郷は、気になっていることを訊ねた。来月一日付で社長直轄の経営戦略室長になるとはいえ、今はまだ、岡部専務の指揮下にある。

「岡部君へは、私から今日明日中にでも伝えておくよ。何しろ、彼が君を強力に推《お》したんだからね。君の華華しい活躍を彼は誰よりも期待している」

瀬戸社長が、言い終えて、意味あり気《げ》に、荒伊常務と顔を見合わせた。

荒伊が、ひと膝のり出すようにして、まっすぐに本郷を見つめた。本郷は、何かを予感して、思わず体を硬くした。

「本郷君、経営戦略室は、社長直轄組織だから、就任した暁《あかつき》には、岡部専務のことは忘れて貰わないと困る。指示命令系統を逸脱しないよう心がけてほしいんだ」

「経営戦略室が、社長直轄だということは、よく認識しているつもりですが」

「私の言っているのは、そんなことじゃない。君は、営業本部の秘蔵っ子だ。その秘蔵っ子を専務は気前よく出した。私は、専務が経営戦略室に対して、影響力を発揮し始めるに違いないと睨《にら》んでいる」

「つまり私を遠隔操作する心配がある、ということですね」

本郷は、自分の立場が損をしないよう気を付けながら、荒伊常務の話に答えた。

「なあ本郷君、来月一日からは瀬戸社長の秘蔵っ子になってくれ。そして私とも三位《さんみ》一体《いったい》で仕事をしようじゃないか」

「社長に忠誠を誓い、荒伊常務と共に歩むことをお約束します。どうか私を信用して下さい。指示命令系統は、絶対に逸脱しません」

「ありがとう、よく言ってくれた」

荒伊常務は、表情をゆるめて、瀬戸社長と満足そうに頷き合った。

瀬戸が口を開いた。

「岡部専務が極めて近い将来、私の後を継いで社長になることは、まず確実だよ。極洋電機はまだ副社長制を敷いていないから、岡部社長実現の前後には、荒伊君を代表権のある副社長にしようかとも考えている。極洋グループの社長会でも、メインバンクとの打ち合わせでも、ほぼその方針に固まりかけているんだ」

「そうでしたか」

「荒伊君は、まだ五十五歳だが、岡部専務は六十三歳だ。いずれ荒伊社長時代が来るから、本郷君は荒伊君に可愛がって貰った方がいいと思うね。岡部時代は、そう長くないような気がする」

瀬戸社長は、終始にこやかに言ったあと、軽く咳《せ》きこんだ。本郷は、頭の中で、懸命に損得を計算しながら、神妙な表情を拵《こしら》えて、幾度も頷いてみせた。

5

午後十一時近くになって帰宅した本郷は、すぐに風呂に入った。瀬戸社長と荒伊常務に声をかけられて、彼の表情は、まだ力んでいた。

(瀬戸社長派と岡部専務派の間を上手に泳げば、オレの未来はバラ色だ)

本郷は、岡部の権力によって、まず取締役に昇進させて貰い、その後荒伊の権力に縋《すが》ることを計算していた。

「背中を流しましょうか」

静子《せいこ》が、ガラス戸ごしに声をかけた。

本郷は「頼む……」と答えた。その声にも、力みがあった。

静子が裸になって、風呂場に入ってきた。

乳房は小さかったが、腰は豊かに張ってくびれていた。下腹のたわみが、成熟した女の匂《にお》いを放っている。

本郷は、妻に背中を向けた。静子が、タオルで夫の背中をこすり始める。

「瀬戸社長も、筆頭常務の荒伊さんも、僕を買ってくれている。この分だと、取締役への昇進は近いぞ」

「よかったですね」

静子は、言葉短く答えた。

「来来週後半から一週間ほどカナダへ行くことになった。向こうに工場を建設する計画があるんでね」

「え……カナダ？」

静子の手の動きがとまった。カナダと聞いたとたん、夫の存在がスーッと遠くなったような気がしたのであろうか。

静子の顔は曇った。

「正式に経営戦略室へ行くのは来月の一日付だが、もう新しい仕事を命ぜられたんだ。海外工場は、海外事業本部の管轄になるんだが、建設が終わるまでのプロジェクトは、経営戦略室が担当することになっている」

「じゃあ、建設が始まったら、カナダに長期滞在なさることもありますの？」

「経営戦略室長である以上、ほかのプロジェクトも進める必要があるから、海外工場の建設だけに没頭するわけにはいかない。ひんぱんにカナダへ飛ぶことにはなるんだろうが、長期滞在はないよ」

「そう……」

静子は、力なく夫の背中を、こすり始めた。

彼女は、華やかな夫の活躍を、うらやましく思った。その思いが（夫にとって、私はどのような価値があるのだろう）という疑問に変わっていく。

静子は、心細かった。夫を、もっと自分の身近に感じたかった。出世して貰わなくてもいい、もっと平凡でいてほしい、と思った。自分だけが、どんどん取り残されていくような気がする。

「あなた……」

静子は、筋肉質な夫の背中に、もたれかかった。小さな乳房が潰《つぶ》れる。妻の肌を背中に感じて、本郷は、久しぶりに高まるものを覚えた。考えてみると、もう二ヵ月近く妻の体に触れていない。

そういった欲望を考える余裕などないほど、仕事仕事の毎日であった。

「今日は、大丈夫なのか」

「はい」

「先にあがって待ってるよ」

本郷は振り向いて妻の体を抱き寄せ、軽くそっと唇を重ねた。静子は、手さぐりで夫の高まりを確認すると、安心したように目を閉じた。

本郷は、「じゃあ、寝室へな」と囁くように告げると、小さく頷いた妻の頰を両手で挟んでやり、風呂場を出た。

夫がいなくなった風呂場で、静子はひっそりと体を洗った。夫の指が這《は》った乳房のあたりが、痛痛しいほど反応しているのがわかる。

彼女は、これから夫の指が這ってくれるであろう体を丹念にタオルで拭《ぬぐ》ってから、風呂場を出た。

ほてった肌が冷やりとした空気に触れると、夫から離れたくない、という気持が、さらに強くなった。国内出張で、二、三日夫が家を留守にしても、静子は耐《た》え難《がた》い淋しさを感じた。なのに、今度はカナダへ行くという。

(夫は、私よりも仕事を大事に思っている)

この思いは、夫が二十七歳で係長になった頃から、静子の心の中に芽生《めば》え始めていた。そして十二年の歳月が過ぎている。

静子は、足音を忍ばせるようにして、夫が待っているであろう寝室へ行った。一人娘の香織は、二階の自分の部屋で眠っている。

寝室のドアをあけて、静子は茫然《ぼうぜん》として立《た》ち竦《すく》んだ。ベッドの上で大の字になって、夫が静かな寝息をたてていた。

たちまち静子の顔が歪《ゆが》んで、目に涙が湧《わ》きあがった。彼女は、寝室を出ると、よろめくようにしてダイニングルームへ行った。

(ひどい……)

涙で濡《ぬ》れた目に、怒りが走った。彼女は、夫との間に、決定的な距離を感じた。これ迄《まで》の夫は、たとえ回数は少なくとも、「今日は大丈夫な日か?」と訊ねた夜は必ず抱いてくれた。

静子は、今日まで夫の指で愛されてきた自分の肉体を、哀れに思った。

彼女は、サイドボードの上に飾ってある小さな額《がく》を手にとった。夫と肩を組んでいる写真が、中に入っていた。

「何がカナダよ」

呟くなり、静子は、その額を流し台に向けて叩きつけた。ガラスが割れ、額縁がひしゃげて、涙が頬を濡らした。

6

翌朝、夫を送り出し、香織が登校したあと、静子はリビングルームのソファに座って、長いことボンヤリしていた。

（夫がカナダへ行ってしまう……）

もう永久に会えないのではないか、と静子は思った。彼女は、夫なしに生きていく勇気がなかった。男の豊かな愛に恵まれてこそ、女は美しく生き生きと輝くことが出来る、という考えを持っている静子であった。そのような母を見て育った静子でもあった。

新聞記事やインテリ女性たちが『女の自立』や『男からの離脱』を声高《こわだか》に叫んでい

ることを、静子は愚《おろ》かなことだと思えて仕方がなかった。『女の自立』は、声高に騒ぎまくるほどのものでもなければ、大袈裟な社会運動によってかち取るほどのものでもない、というのが、控え目な性格の静子の考えだった。

自立できる能力のある女性は自立すればいいのだし、男の愛なしに生きられない女性は、男に縋ればいいのだと思っている。自身の不幸につながる下らぬ男と結婚した女性は、さっさと男から逃げ出せばいいのである。それだけのことだ、と彼女は思っていた。

そして静子は、自分が生きていくには本郷直文の愛情が必要である、と信じて疑わなかった。

それが自分にとっての自立であり生き方である、と確信している。

(夫を遠くへ行かせたくない)

静子は、ヨロリとソファから立ちあがった。

昨夜の夫の寝息が、まだ彼女の耳の奥にこびりついていた。

「仕事が、夫を私から奪った……」

静子は、ポツリと呟いた。

彼女は、うつろな目をして、書斎へ入っていった。書棚には、『電機産業の世界戦略』『能力主義と動態組織』『日本の職務権限』『逃げの経営と攻めの経営』などの専門書が、ズラリと並んでいた。名の知れた女子短期大学を卒業している静子であったが、彼女にとって、夫の読む本はあまりにも難し過ぎた。

静子は、夫の机の引き出しをあけた。うつろな彼女の目が、次第に血走っていく。机の引き出しをひっかきまわした静子は、次に脇机の引き出しをあけた。

上から二番目の引き出しをあけた時、彼女の目が鋭く光った。彼女は、赤い表紙の数次旅券《パスポート》を手にとった。

このパスポートは、本郷が社用で香港《ホンコン》へ出張した時のもので、期限は、まだ三年残っていた。

「数次旅券があるから、手続は簡単でいいや。間際《まぎわ》まで慌てなくていいからね」

今朝、家を出る時に残していった夫の言葉が、彼女の脳裏に甦《よみがえ》った。

(これさえなければ、夫は少しでも長く、私の傍にいることが出来る)

静子は、パスポートを手にして、ダイニングルームへ行くと、換気扇のスイッチを入れた。

彼女は、自分が冷静さを欠いているとは、思いたくなかった。今からやることは、夫への愛の証である、と思いたかった。

静子は、ガステーブルの上にパスポートをのせて、ガス栓をひねった。

青い炎が、すぐパスポートに燃え移った。

薄い煙を出して、パスポートが反《そ》りかえりながら、燃えていく。

彼女は、すっかり燃えて白い灰と化してから、ガスの火を消し換気扇をとめた。

足元の屑《くず》カゴに、壊れた額縁が入っていた。

夫は、彼女が額縁を割ったことを、まだ知らない。

静子は、白い灰を指先でつまんで、屑カゴに捨てた。灰が、壊れた額縁に当たって、雪のように散る。

だが静子は、これで夫との距離が縮まったとは思わなかった。不安が、逆に膨らんでいった。柱時計の針が、いつの間にか午前十一時を指している。

彼女は、落ち着きなく、室内を見まわした。

七十坪の敷地に建てられた４ＬＤＫの二階建てである。毎月、銀行ローンを九万七千円ずつ返済しているが、親子三人の生活には何不自由なかった。

静子は、駅前の英会話スクールに、週二度通っていた。ＰＴＡの学級代表委員もしている。しかし、それらは、静子の淋しさに、少しの効き目もなかった。彼女は、常に夫と一緒にいたかった。夫の目で、見つめられたかった。夫に意識して貰いたかった。夫は、彼女にとって『全て』であった。

静子は、心の底から、夫を愛していた。

パートの仕事を、探そうと思ったこともあった。だが、月に僅《わず》か七、八万の金を得るのに、自分の貴重な時間を潰したくはなかった。そんなことで時間を浪費するくらいなら、夫のことを考えていたかった。

（カナダへ行かせたくない）

静子は、ダイニングルームからリビングルームにかけて、うろうろと歩き回った。どうしたら夫を自分の傍にひきとめておけるかを、あれこれと考えた。

いい智恵《ちえ》が、浮かんでこない。

静子は、部屋の中を歩き回りながら、ポロポロと涙を流した。淋しかった。無性《むしょう》に淋しかった。どうしようもない、淋しさであった。

彼女は電話台の前で、足をとめた。

静子は、受話器を取りあげて、営業企画部次長席の、直通ダイヤルをまわした。

二度の発信音のあと、夫の声が電話口に出た。その声を、静子は妙に懐《なつ》かしく感じた。

「私です。ちょっと話があるの」

「どうした。いま忙しいんだがね」

「会社を変わって頂きたいの。従業員十人ほどの小さな会社に変わって頂戴《ちょうだい》。お願い！」

「は？……」

「小さな会社だと、出張も転勤もないから」

「馬鹿《ばか》、下らん冗談を言うな。切るぞ」

ガチャリと電話が切れた。

静子は、いつ迄も受話器を耳に当てたまま、立っていた。身じろぎもせずに。

7

営業企画部の会議が終わったあと、本郷は専務室に呼ばれた。

彼が専務室に入っていくと、岡部専務と山上総務部長が、応接テーブルをはさんで、向き合っていた。岡部が白い目で、本郷を流し見る。

「かけたまえ」

山上が、自分の前を顎で示した。有能な総務部長としての山上は、瀬戸社長派の中核的人材である。その山上が、岡部と二人でいることに、本郷は生臭《なまぐさ》いものを感じた。

「本郷君、君は田代室長から、カナダ行きを命ぜられたそうだね」

「はあ、昨日……」

「はあ、昨日、じゃないよ。そういう大事なことを、どうしてすぐに私の耳に入れてくれないいんだ。君は、まだ営業部門の人間だし、私の指揮下にあるんだぞ」

「申し訳ありません、迂闊《うかつ》でした」

「つい先ほど、瀬戸社長から、君のカナダ行きを聞かされて、びっくりしているんだ。今後は私との連絡を密にすることを約束してくれ。経営戦略室へ移籍後もだ。いいね」

「お約束いたします」

本郷は、岡部専務の言葉から、専務派と社長派の確執が、激化の様相を見せ始めていることを感じ取った。

「専務は君を抜擢して下さった大恩人なんだから、何事も一番に相談し報告すべきだよ。それが君自身のためにもなるんだから」

山上総務部長が、ヤンワリと言った。そのひと言で、本郷は、山上が岡部派に鞍替《くらがえ》したことを感じた。老いて退任間近な瀬戸社長より、次期社長の岡部に味方した方が、自分の将来にとって有利、と判断したのだろうか。

「専務のご恩は、生涯忘れません」

本郷は、神妙な顔つきで言った。

岡部が、ムスッとした顔で、口を開いた。

「君は、山上君から、田代室長が退職する訳を聞いただろう。彼は、敗北者として社を去っていくんだ。いくら同情すべき家庭的な事情があったとしても、歯を食いしばって勤務しようと思えば出来た。だから、家庭というものに負けた重役は、重役として不適格である、と私が社長に強く意見具申したんだ」

「それで辞めることになったのですか」

「そうだ。彼は、実家へ戻っている家族に会うため、ここ数ヵ月、週に一度の割で勤務を休んでいた。そんなことで多忙を極める経営戦略室長がつとまる筈《はず》がない。私は、彼を専務室に呼んで、しばしば厳しく叱《しか》った。ところが社長は、自分の右腕だから、庇《かば》おうとした。それで私と社長の間は、すっかりキナ臭くなってしまったんだ」

「そのようなことがあったとは、知りませんでした」

「君は私が何を言わんとしているか、判っとるだろうね。要するに、私を怒らせるな、と言いたいんだ。私を怒らせるということは、私を敵に回すということだ。田代室長も、私に縋ればいいものを、社長がバックにいると思って、私の注意に反発しおった。だから辞めるハメになったんだよ」

「はあ……」

本郷は、握りしめた掌《てのひら》に、ベットリと汗をかきながら、顔をこわ張らせた。岡部専務が、自分の権力の凄《すご》さを強調していることは、はっきりと判っていた。強調されるまでもなく、本郷は岡部の怖さ凄さを、知り過ぎるほど知っている。

「本郷君、私は君を経営戦略室長にするつもりで、田代君を放逐した。放逐の理由として、彼の家庭回帰の姿勢を、心を鬼にして責めた。だから君は、自分の身辺を常にキチンとしておいて貰わないと困る。企業イメージを損ねるような家庭トラブルがあったり、女性とのスキャンダルがあると、私は自分の手で即刻、君を切らねばならない。そのへんの事情を、よく嚙みしめておくことだね」

「よく判りました。専務にご迷惑をかけるようなトラブルやスキャンダルは、絶対におこしません」

本郷は、きっぱりと言いきった。

岡部と山上総務部長が、安心したように顔を見合わせて、目で笑い合った。

8

午後三時半になって、一人娘の香織が元気よく小学校から戻ってきた時、静子は居間で、新婚旅行のアルバムを眺めていた。旅行先は、鹿児島の川内《せんだい》市、市来町《いちきちょう》、加世田《かせだ》市にかけての、いわゆる吹上浜《ふきあげはま》県立自然公園一帯である。ここを新婚旅行地に選んだのは、川内《せんだい》温泉に本郷の実家があったからだ。本郷家は川内では旧家として知られた郷士《ごうし》の家柄であった。本郷の両親は、まだ健在である。

「お母さん、おやつ……」

香織が、ランドセルを背負ったまま、静子にまといついた。静子は、顔をあげて、潤《うる》んだ目で娘を見た。

「あ、お母さん、目が真っ赤……ゴミが入ったんじゃない？」

香織が怪訝な目で母親を見つめた。静子は曖昧《あいまい》に笑った。

「ねえ、香織。お父さんのこと、好き？」

「大好きだけど、帰りが遅いし、日曜日も忙しくて遊んでくれないから少しだけイヤ」

「どうしたら、お父さんは、早く帰ってきてくれるかしら」

「わかんない……死ぬ真似《まね》をしたらびっくりして早く帰ってきてくれるかもね」

「死ぬ？」

静子の眉《まゆ》が、怯《おび》えたように痙攣《けいれん》した。

「お母さんの目、なんだか泣いたみたいに赤いなあ。いつかの芸者さんみたい」

香織はそう言い残し、ダイニングルームへ行って、勝手に冷蔵庫をあけ始めた。香織が、芸者みたい、と言ったのには、訳があった。

幾日か前、芸者になって懸命に生き抜く母親と幼い娘の悲しい物語を、テレビでやっていた。香織は、静子と一緒に、その涙のドラマを見ていた。

それで「芸者みたい」と、言ったのである。

（私は、本郷の芸者なのだろうか……）

静子は、夫と殆《ほとん》ど触れ合うことのない自分を、通い芸者のようだ、と思った。

（通い芸者でも、パトロンは、もっと優しくしてくれる）

そう思うと、胸が激しく痛み、淋しさが膨らんだ。彼女は、自分に対する夫の愛情を信じていた。夫が、外で商売女にうつつをぬかしていないことも、信じている。

にもかかわらず、不安は、際限なく膨らんだ。彼女は、夫が全裸の若い女と手を組んで、自分からどんどん遠ざかっていく夢を、よく見る。その女の全身には決まって、『仕事』という字が、ビッシリと書き込まれていた。

香織が、何かを見つけたのか、勝手に食べ始めた。

静子は、居間を出て、ダイニングルームへ行った。香織が、林檎《りんご》をかじりながら、牛乳を飲んでいる。

芸者の母親のドラマが、ぼんやりと瞼の裏に甦った。

ラストは、幼い娘の将来を考えて、会社の社長をしているパトロンに娘を手渡すシーンであった。娘を乗せたベンツを、母親が泣きながら何処《どこ》までも素足で追っていくシーンは、静子と香織を泣かせた。

「香織、二人で死ぬ真似をしたらお父さんは、本当に早く帰ってくるかしら」

静子が、娘の背中に声をかけると、香織は振り向いて、「うん」と笑った。笑うと両方の頬に、笑窪《えくぼ》が出来る。

香織は、また向こうを向いて、林檎をかじり始めた。

静子は、ワンピースの腰を絞めている、細いビニールのベルトを抜き取った。

(死ねば、夫は家へ帰ってきてくれる。そして、私の体にとりすがって、泣いてくれる)

ベルトを持つ静子の手が、ぶるぶると震えた。唇は乾いて、血の気がない。

彼女は、足音を忍ばせて、香織の後ろに迫った。

夫が、自分の遺体に顔を伏せて、号泣する姿が、目の前に浮かんだ。

(ごめんなさい、あなた……)

静子は、目をつむって、娘に飛びかかろうとした。

とたん、娘を乗せたベンツを、母親が泣きながら何処までも素足で追っていくテレビドラマのシーンが、再び脳裏に甦った。あまりにも鮮明な、甦りようであった。

「お母さんは、頑張って生きるからね」

素足で走る母親の叫びまでが、静子の耳のそばで聞こえた。

静子の手から力が抜けてベルトが落ち、彼女は香織の小さな体を、後ろからしっかりと抱きしめた。

「どうしたの、お母さん……びっくりしたよ」

「ごめんね。何でもないの。何でもない……お父さんが会社から帰ってきたら、二人で笑顔で迎えてあげましょう」

「そうだね、それがいいね」

「今夜はすき焼きにしましょうか。買物に付き合ってくれる?」

「うん、いいよ。付き合ったげる」

香織が顔いっぱいで笑った。その幼い笑顔で、静子の胸の内が温《あたた》かくなっていった。

黒の輪舞《ロンド》

1

東京ファッションの企画課長・高野雅弘《たかのまさひろ》は常務室から出るとニヤリとした。いよいよ絶好のチャンス到来と思ったからである。

昨夜、高野の直属上司である企画部次長・沢木道男《さわきみちお》が、過労による心不全で倒れ、危篤《きとく》状態のまま入院していた。その沢木次長の重要業務の一つであったパリ・コレクションの実行指示が、たったいま常務取締役企画本部長・坂巻譲治《さかまきじようじ》から高野に発せられたのである。

このパリ・コレクションは、東京ファッションに於《お》ける最も重要視された経営政策であり、その成否が業績に直接的な影響を投げかける。それだけに、年一回実施されるこのファッション・ショーを大成功させることは、サラリーマンとして栄達への道を確実に保証されるのであった。

沢木次長は、徹底した保身主義者だった。

そのため、このパリ・コレクションの仕事を自分一人の仕事として〈独占〉し、少しでも部下の実績となることを常に警戒していた。要するに自分一人が花を持ちたかったのである。

そういった上司だったから、高野はいつも冷や飯を食わされてきた。高野が企画課長に昇進したのは六年前の三十一歳の時で、東京ファッションでは最年少の出世頭であった。だが管理職となって沢木次長に頭を押さえられるようになってからは精彩《せいさい》を欠き、今では同期の幾人かが先に次長に昇進してしまっている。

官学を首席で出た誇り高き高野にとっては、それは耐《た》え難《がた》い屈辱《くつじょく》だった。その屈辱を蹴破《けやぶ》る時が、やっと目の前にやってきたのである。

(オレは絶対に出世する。沢木なんか蹴落としてでも必ず出世してやる)

高野の出世に対する野心は大変なものであった。いや、高野に限らず、それはサラリーマンの本能と言えるものなのかもしれない。

その本能が、同僚や上司を〈敵〉と見た時、ドス黒い謀略《ぼうりやく》が心の中に生まれてくる。

高野は、坂巻常務から与えられたパリ・コレクションの仕事こそ、栄達への第一歩である、と思った。

坂巻常務は、東京ファッションきっての実力者であり、ワンマン・オーナー坂巻玄《げん》九郎《くろう》の一人息子である。年は若かったが、二代目にありがちな『甘えの構造』がなく、大型経営者としての評判が高かった。

高野が、この坂巻常務に「あいつは、できる」と認めて貰《もら》えれば、それこそ出世の糸口を摑《つか》んだことになる。

(その糸口を摑むためには、どんな手段でも使ってみせる)

高野は、栄達への野望に全身を燃えあがらせた。彼にとって、それはゾクゾクするような快感だった。このチャンスを逃《のが》してたまるか、と言う気持であった。

東京ファッションは、業界ではナンバー2の大手であり、年商千二百億を誇っている。この東京ファッションの唯一の目標が、年商千五百億のリナウン・ファッションの追撃撃破であった。

その差たったの三百億。

東京ファッションは、フランスの女流デザイナー・シャネイルのカーディガン風スーツを基調としたワンポイント・ルックを次次に打ち出し、サンローレンのシースルー・ルックをメイン商品とするリナウン・ファッションと市場で激突していた。

シースルー・ルックは乳房や乳首、なやましい腰の線がくっきりと浮き出る。これに対抗するシャネイル調は極めて上品なものであった。相対するこの二つのファッションの大きな流れを、女性の購買力が二つに分裂するかたちで、いま激しく追っていた。東京ファッションが勝つか、リナウンが勝つかは、ファッション・ショーをどう華麗に成功させるかにかかっている。

（ショーの成功は、いかに優れた外国人モデルを起用するかにかかっている）

そう思った高野は、ある日の夕刻、新宿《しんじゆく》にある日本最大のモデル会社である日本スタジオを訪ねた。

モデル会社と言うのは、東京ファッションやリナウンなどが実施するファッション・ショーで生きている会社である。

日本最大と言っても、せいぜい外国人モデル二、三十名、日本人モデル四、五十名も抱えておればいい方であった。ファッション・メーカーがそっぽを向けば、これといった資産を持たないモデル会社などは、たちまち一夜で潰滅《かいめつ》してしまう。

「これで全員ですか」

高野は、日本スタジオの小さなステージ上に並んだ外国人モデルたちを見まわしながら支配人と名乗る男に訊《たず》ねた。ほっそりした女もいれば、巨大な乳房を持てあまし気味《ぎみ》のグラマーもおり、せまいスタジオの中は、熟れた外国人のモデルたちの肌が放つ特有の香気でむせかえっていた。余程の不感症でない限り、男の芯《しん》が高まってくる。

「東京ファッションのような一流会社には、やはりこの女たち以外のモデルは水準が低くて無理かと存じます。この女たちは……」

「知ってますよ。ファッション雑誌や婦人雑誌でよく見かける顔ぶれだ。第一級のモデルたちであることは認めますが、本当は無名の新人のピカ一が欲しいな」

「そう言う逸材は今のところ、ちょっと見当たりませんが……ですが日本人モデルとしては、小山京子《こやまきょうこ》と言う十九歳の出色《しゅっしょく》の新人を発掘してございます」

「うむ、日本人モデルか……で、そのモデルはリナウンか何処《どこ》かに一度でも使われた経験はあるの？」

「いいえ、全《まった》くの新人です。今日はたまたまスタジオに呼んでありますが、ステージに立たせてみましょうか」

「そうしてください」

高野が頷《うなず》くと、支配人は傍《そば》にいた若い男に目配せした。

小山京子と言う女は、すぐにステージに姿を見せた。なるほど出色のファッション・モデルだ、と高野は喉《のど》の奥で唸《うな》った。

金髪の女たちと並んでも見劣りがしない。気持よく伸びた脚《あし》や細い体《ボディ》の割に、乳房が生き生きと張っている。

小山京子を見る高野の端整なマスクに、朱がさした。そんな高野を一瞥《いちべつ》した支配人が、目元に意味あり気《げ》な微笑を浮かべて言った。

「正真正銘の新人です。東京ファッションの年間専属としてご契約下さるなら、リナウンその他のファッション・ショーには出しません。いかがです……」

「うむ、考えてみよう。とも角《かく》、ここに並んだモデルの顔および全身写真とリストをくれませんか。帰社してじっくりと選んでみたい」

「承知しました」

高野が、日本スタジオを出た時、外には既《すで》に華やかな新宿の夜がひろがっていた。彼は、当てもなくネオンの輝きの中を歩いた。歩きながら彼は頭の中で、はやモデルの選抜にかかっていた。

(小山京子か……使えるかもしれんぞ)

しかし、高野は迷った。東京ファッションのファッション・ショーは、これまでに一度も日本人モデルを使ったことがない。

大柄な外国人モデルは迫力がありドレスもさえる。それに高野自身も、外国人の女のセクシュアルな肢体《したい》が好きであった。その肉体的な圧倒感が、小山京子には確かにあったのである。

（金髪モデル十名に日本人モデル一名の混成で、ひとつユニークなショーをやってみるか――）

高野が、そう思った時、誰《だれ》かが背後から高野の肩を軽く叩《たた》いた。

高野は振り返って、一瞬ギョッとなった。

たったいま彼の頭の中を占領していた小山京子が、目の前に微笑《ほほえ》んで立っていたのである。

高野を見る目に、素人《しろうと》娘《むすめ》らしからぬ妖《あや》しさがあった。その切れ長な目元が十九歳の女とは思えないような濡《ぬ》れた色を放っている。

「先程はありがとうございました。支配人に東京ファッションのパリ・コレクションに出られるかもしれないから頑張れ、って言われました」

「それで尾行してきたと言う訳か」

「いいえ、偶然ですの。私は、そのビルの角から出てきたところで、高野課長さんのお姿を見かけたんですもの」

「ほう、もう僕の名を知っているのか」

女は、クスリと笑って首を竦《すく》めた。

高野は、京子を食事に誘った。彼女は気取らず素直であった。二人はステーキを食ベワインを飲み、二、三軒のバーを歩いた。

「君は話してみると実に素敵な女性だ。気に入ったよ」

「認めて頂いて光栄ですわ」

「わが社のショーは日本人モデルを使ったことがない。しかし今回は君を起用してみようかな」

「まあ、うれしい……本当ですか」

「それを計算に入れて、僕に接近してきたんだろう」

「いいえ、そのようなことは……」

小山京子は明るく笑った。

高野は、ショー出演を狙《ねら》った彼女が意識的に接近してきたに違いない、と思っていた。それがもし事実であったとしても気にするつもりはない。

ファッション・モデルは、自分を売り出すために、しばしば一流ファッション・メーカーの実力者と関係をもったりする。宣伝部や企画部の幹部には、特にそんな機会が多かった。

心不全で入院した沢木次長にも、早くからそのような噂《うわさ》がチラホラとあった。つまり役得と言うやつである。

（それを今度はオレが手にする）

生来的に、高野は闘争心の旺盛《おうせい》な男だった。上司である沢木次長の入院によって、日頃《ひごろ》抑えられていたその闘争心に火が点《つ》いたのだ。

出世欲にも女に対する欲望にも、一気に高電圧が流れた感があった。

「今度のパリ・コレクションには、どのような新製品が登場いたしますの？」

「それは第一級の企業機密だよ。しかし、まあ君には言っておこうか。実はわが社もリナウンのシースルー・ルックに対抗するため、シャネイルのデザインによるセクシュアル・ルックを売り出すことにした。そのうち君にも現品を見せてあげよう」

「凄《すご》いですね。そのドレスを着て、ステージで舞うことが出来るんですのね」

小山京子の目が輝いた。

「女性のボディの美しいラインを生かす画期的デザイン群を用意している。乳房も乳首も下腹部も悩ましく鮮明に浮きあがる。だがリナウン製のようなどぎつい感じがない。シャネイル特有の上品さがドレス全体に生きている。上品さと言うのは大切なのだ。その中の一番いいデザインのものを君に着せてみようかな」

「夢のようです」

「そのかわり、今夜君を抱きたい。これが率直な僕の気持だ。軽蔑《けいべつ》するか？」

高野が、半《なか》ば賭《か》けの気分で言ってみると、小山京子は流石《さすが》に表情を強張《こわば》らせたが、すぐにこっくりと頷いた。

二人は、新宿駅近くのPホテルの一室をとった。

高野は一流企業の課長らしい威厳を見せながら平静を装っていたが、内心は望外の役得に小躍《こおど》りしていた。こんなにあっさりと、女が承知するとは思ってもみなかったのだ。

だがモデルにしてみれば、一流企業のショーに出れば出るほどランクが上がりギャラも増える。名前や顔が新聞・雑誌に取りあげられるようになると、たちまち特定商品の宣伝のためにテレビ出演が舞い込む。それがモデルたちの夢であった。

それだけに誰もが、一流ファッション・メーカーの宣伝部や企画部と、息の長いコネ関係を築きあげようとするのである。豊満な美しい肉体を投げ出すモデルも、なかにはいるという噂もあった。

高野は、そう言ったモデルたちと小山京子を、一緒に考えたくはなかった。彼女には、妙に純白な印象があった。

ファッション・モデルたちに見られる共通の印象は、どぎつい真紅のバラだ、と高野は思ってきた。だが小山京子には清楚《せいそ》な白百合《しらゆり》のイメージがあった。

その白百合の〈白〉の感覚を、今度のショーで強く生かせるかもしれない、と高野は考えていた。

彼女は、先に浴室へ入った。

「こないでね」

京子はそう言ったが、高野は待ちきれなくなって浴室のドアをあけた。湯船の中の女は慌てて胸の隆起をタオルで隠した。波立つ湯面を透して、黒黒としたものが揺れている。

「背中を洗ってあげよう」

高野は、そう言いながら、自分の前に当てていたタオルをとって、変化を見せている部分を、京子の目の前に晒した。

彼女は、反射的に顔をそむけた。その表情が、一瞬苦し気な気配を見せたことに、高野は気付かなかった。

「見てごらん。しみじみと目の前で見る機会など滅多にないんだから。いやらしい意味で言っているんじゃあない。女は自分の肉体と関《かか》わる異物の正体を正しく知っておくべきだよ」

高野がわざとらしく優しい口調で言うと、京子は恐る恐る視線を戻した。そして、今にも泣き出しそうな顔つきになる。

高野は、石鹸《せっけん》を摑むと、彼女の背後にまわって湯舟に入った。

「あたし、先にあがります」

女が、うわずった声を出して、腰をあげた。

高野は、その腰を背後から両手で押さえて、湯の中に引き戻した。

「後悔しているのかね。それとも僕のような男がイヤなのか」

「いいえ、そうではありません」

女は首を横に振ると、あきらめたように静かになった。

高野は、その従順さに満足した。

女は、すべすべとした綺麗《きれい》な肌をしていた。

色白と言うよりは、薄いピンクの肌である。

皮膚は触れると破れそうなほど弱弱しく透き通り、その皮膚の下に、女の匂《にお》いを満たしているに違いない柔らかな脂肪層があった。

(この女は本当に十九歳なのか……)

高野は、生唾《なまつば》をのみこんで、女の肌に見入った。

彼は、女の品定めができるほど、遊んできた訳ではなかった。

だがそんな彼にも、小山京子の清楚な成熟ぶりは判った。十九歳とは思えぬ妖しさがあり、白百合のイメージもあり、そしてどことなく正体不明の魅力がある。

高野は、京子の背に石鹸を塗った。背中の筋肉が硬くなって緊張しているのが判る。

高野は、今度は背後から抱きすくめるようにして女の豊かな乳房に腕をまわし、石鹸を塗りたくった。

湯が、泡立っていく。

高野はいきなり浴槽の栓を抜いた。みるみる湯が逃げていく。高野は、シャワーで彼女の肩や首すじの石鹸を洗い落とすと、「さ、上がろう」と促した。

忘我の情事のあと、女は暫くの間、ベッドの上で放心状態であった。

高野は、女が終始襲いくる快楽に耐えようとしていたように思えてならなかった。だが、女は間違いなく体をくねらせて燃え狂う様《さま》を見せた。その燃え狂った様《さま》から解き放たれた時に、女は放心状態に陥《おちい》っていた。

「ショーでは君に一番いいドレスを着せよう。約束する」

高野が、なんとなく気まずくなって言うと、女は漸く笑顔を見せた。その笑顔で、高野は思わず救われたような、気分になった。

「私、今度のショーで着るドレスを幾つか先に頂きたいわ。自分の部屋でそれを着て、ステップやターンの練習をしたいの」

「いいだろう。但し、わが社の浮沈《ふちん》を賭けた新製品だから、パリ・コレクション迄《まで》は絶対に誰にも見せてはいけないよ」

「むろん、それくらいの常識は心得ています」

女はそう言って、高野の胸に顔を伏せると、安心したような吐息を漏らした。

お、ちょっとわざとらしいな、と思いつつ、高野は女の髪を優しく撫《な》でてやった。

2

小山京子との情事の翌日、高野は出社すると、すぐ常務室に呼ばれた。

自分の体のどこかに、小山京子の肌の匂いが残っていないだろうか、と気にしながら、高野は坂巻常務の前に立った。

坂巻と高野は二歳しか違わない。しかし、現在は常務という地位にいるこの将来の社長は、実に男性的でシャープな男であった。

「沢木次長の容態が余りよくない。入院が長びくかもしれないから高野課長が大いに頑張ってくれなくちゃあな」

坂巻は、そう言うと、上目遣いでジロリと高野を一瞥した。これは坂巻のくせであった。

誰と話す時でも、彼は上目遣いで相手を一瞥して威嚇《いかく》する。坂巻自身は、それほど意識していなくとも、この一撃で、若い社員や気の弱い幹部はたいてい萎縮《いしゆく》してしまうのだった。

「パリ・コレクションの準備は進んでいるのかね」

「順調です。ショー会場はホテルオクーラをとり、三日間連続で行ないたいと思っています」

「うむ……」

「初日は新聞・雑誌、テレビなどの報道関係者を呼び、宣伝効果を高めて貰うためにも、彼らに充分な昼食をホテルに準備しておきます」

「それはいいな。沢木次長は、報道関係者をそこまで優遇しなかった。そのせいかショーのあとの宣伝効果が余りパッとしなかったような気がするよ。しかし、贅沢に過ぎた昼食はいかんぞ。贅沢に過ぎると、かえって彼らに嫌われるから」

「心得ております。で、二日目は、わが社製品のご愛用者招待とし、三日目は全国の取引先を呼びます」

「よろしい。その線で進めたまえ。最終日は招待客が取引先だから、ショー終了後に宴席を準備したまえ。これにはカネは幾ら使っても構わん。とびきり上等の料理を出して、充分に満足して帰って貰いなさい。宴席では私が挨拶《あいさつ》しよう」

「モデルは外国人女性をメインにして、進めたいと思いますが……」

「外国人モデルをメイン？……と言うことは一部日本人モデルも使うと言うことか」

「ええ、一人非常にいい新人モデルが見つかったものですから」

「高野君、それは承認出来ないね。わが社と強敵リナウンのファッション・ショーは第一級の外国人モデルを使うことで伝統を誇ってきた。日本人モデルはどうしても見劣りがする。今度も全《すべ》て外国人勢で進めるんだ」

「お言葉ですが常務、その日本人モデルは外国人モデルの中に在《あ》っても、体格、容姿で決して見劣りしません。一度、常務の目で直接確かめて頂けないでしょうか。それで駄目《だめ》なら私も断念します」

「そんなに自信があるのか」

「あります」

「うむ、君がそこまで断言するなら会ってみよう。場所と時間を設定したまえ」

「承知しました」

「それから、セクシュアル・ルックの新製品を幾つか持って、明日の正午にでも世田谷《せたがや》の私の屋敷まで行ってくれないか。家内がどうしても女子大時代の同窓パーティに着ていきたいと言うんだ」

「それでは、いいのを数点選んでお届けします」

高野は気分が良かった。

坂巻常務の屋敷へ行けることが嬉《うれ》しかったのである。これまで坂巻常務の公私の部分にピタリと貼《は》り付《つ》いていたのは沢木次長であった。その沢木が障害になって、高野は課長でありながら、殆《ほとん》ど坂巻常務と言う実力者に近付くことが出来なかった。むろん世田谷の坂巻邸へは一度も行ったことがない。

沢木次長は徹底して、自分一人が〈いい子〉になっていたのである。部下のやった仕事も、自分一人がやったように上司へ報告する。それが沢木次長のサラリーマンとしての生き方であった。ずるい生き方だ。

(それで当たり前なのかもしれない。サラリーマンの出世競争は、そうでなきゃあ勝ち抜けないんだ)

る、と思っていた。

高野は沢木次長の人格が嫌いであったが、しかし、その生き方には頷けるものがあ坂巻常務の指示があった翌日の正午、高野は世田谷区成城《せいじょう》の坂巻邸を訪ねた。屋敷は閑静な邸宅街にあり、三百坪ほどの敷地に洒落《しゃれ》た和洋折衷の建物が建っていた。いかにも著名ファッション・メーカー社長の御曹司《おんぞうし》の屋敷、と言う感じである。

高野は、鍵が掛かっていなかった鉄製の門を押しあけ、石畳の上を歩いて玄関の前に立った。すると、防犯用のテレビカメラにでも捉えられていたのか、インターホンから先に女性の声が聞こえてきた。

「高野さんですね。お待ちしていました。そろそろお見えになる頃だと思っていましたわ」

「あ、どうも……」

高野が少しうろたえていると、玄関のドアが自動的に開いた。

玄関ロビーとでも言えそうな、二十畳ほどの板の間の中央に、三十過ぎと思えるエプロン姿の丸顔の女がきちんと正座をしていた。

高野は、真正面から見つめられ、自分の名前を名乗る機会を失って更に狼狽《ろうばい》した。

「高野課長さんでしょう。さ、どうぞスリッパをお履《は》きになって」

女は、もう一度、高野の名前を口にしてから、立ち上がった。

「あのう、奥様ですか？」

「ええ、そうでしてよ。私はお手伝いを置かない主義ですから。それともお手伝いに見えまして？」

坂巻夫人は、明るく親しみのある笑いを見せながら、エプロンをとった。セーターを着た胸元が、豊かにもりあがっている。

高野は慌てて視線をそらすと、顔を赤らめながらスリッパを履いた。

「子供たちは小学校と幼稚園に行っておりますの。だから今は静かですけれど、帰って参りますと騒騒しくて大変ですのよ。いつもお友達を何人も連れて帰ってくるものですから」

「屋敷町だけあって流石に物音ひとつしませんね」

「子供たちが帰ってくる午後二時頃までは、この広い家に私一人ですの。沢木次長さんは、会社が終わると、よくご夫人と一緒に訪ねてこられましたわ」

「沢木次長は、いま入院中です」

「そうですってね。お気の毒に。でも、正直申し上げてあの方は何処か陰気で、私は余り好きではありませんでしたわ。なんだかとても策士《さくし》って感じがして」

「実は、このようなことは言いたくないのですが……、社内での評判もあまり良くありません」

「そう……」

高野は、沢木次長の人格的問題点を多少誇張して夫人の耳に入れておいてやれ、と思った。その内容が夫人から常務へ伝えられることを計算したのである。

坂巻常務の気付いていない沢木次長の裏面を、この機会に暴露《ばくろ》しておくことが、自分の出世には好都合のように思えたのだ。

「沢木次長は部下のした仕事を、いかにも自分一人がしたように見せかける一面がありましてね。それで部下からは嫌われています」

「まあ、そうでしたの」

「割のいい仕事は自分一人が独占し、日の当たらぬ仕事を部下に押しつける。つまり自分だけがいい子になろうとする傾向が、非常に強かったんです。ですから部下はいつも泣かされてきました」

高野は、なるだけ力まないよう、言葉の響きにも気を配りながら、ゆっくりと喋《しゃべ》った。

「そう言えば、高野課長さんは、この家へ来られたのは今日が初めてでしたわね。これからは遠慮なく遊びにいらして下さいな」

「ありがとう、ございます」

「じゃあ奥の部屋でセクシュアル・ルックの新製品とやらを試着してみますわ。ご覧になって下さる？」

「ええ、デザインやカラーの合わないものがあれば、また取りかえます。ですが奥様、同窓パーティに着ていかれるとの事ですが、そのパーティはいつですか」

「一ヵ月先のことだけど、どうかしましたの」

「パリ・コレクションの実施日までは矢張《やは》り……」

「新製品は企業機密と言いたいのでしょう。判っていますわ。で、パリ・コレクションはいつ致しますの」

「同窓パーティが一ヵ月も先なら大丈夫です。ファッション・ショーはそれ迄にする予定で準備を進めていますから。余計なことをお訊ねしてすみません」

「いいえ、それでこそ仕事のプロですわ。では高野さんは応接室で待っていて下さい。私、着かえて参ります」

夫人が奥の部屋へ去っていくと、高野は板の間に接する、庭に面した眺めのいい応接間のソファに体を沈めた。

夫人は、二十分ほどで戻ってきた。

その夫人を見て高野は目を見張った。最も着こなしの難しいとされている真紅のセクシュアル・ルックのドレスを見事に着こんでいるのである。

いや、高野が度肝《どぎも》を抜かれたのは、夫人のボディ・ラインの素晴らしさであった。上体は腰の辺りで強くしまり、ゆるやかな逆三角形になっていた。しかもブラジャーを外していると判る乳房が胸の高い位置で眩《まぶ》しく張っている。腰まわりの細さとは対照的な臀部《でんぶ》の豊かな肉付きにも、熟れきった女の匂いが満ちあふれていた。

「どう、似合っていまして？」

夫人は微笑むと、二、三歩ステップを踏んで、くるりとまわってみせた。ドレスの下で乳房が波立ち、部屋の中に異様に熱いものが飛び散った。

「素晴らしいです。実によく似合っています」

「そう言って頂けると嬉しいわ」

夫人は両手を腰に当て、体を小刻みに揺すって涼しそうなまなざしを高野に向けた。高野は生唾を飲み込んだ。

（この夫人を味方にすれば、出世のための恰好の道具になる！）

何故か、そんな考えが高野の胸中に閃《ひらめ》いた。これこそ第二の出世の糸口だと言う気がしてきたのだ。

(何としても、出世したい。人生の敗者には、なりたくない)

高野は、夫人を見つめながら、胸の中で呟いた。

彼は、両手足が、震え出すのを感じた。押さえられない、震えだった。

(出世してみせるぞ。絶対に……)

そう思った彼は、次の瞬間、凄《すさ》まじい形相《ぎょうそう》で夫人に飛びかかっていた。自分でも何をしているのか、よく判らなかった。頭の中は真っ白となって混乱していた。

夫人が、高野の豹変《ひょうへん》に、悲鳴をあげて転倒した。

高野は、夫人に馬乗りになった。

「奥さん……一度だけ……一度だけです」

高野は、夫人にむしゃぶりついた。

「何をなさるの。高野さん……おねがい、よして！」

夫人は激しく抵抗した。

高野は、豹変した以上もう一歩も後へは引けなかった。引いてはいけない、とも思った。

力ずくでも夫人を自分のものにしない限り、自分の全人生が完全に消滅してしまうことは目に見えている。

高野の頭の中は、大太鼓を乱打したような、轟轟《ごうごう》たる唸りをあげた。何も聞こえず、何も見えなかった。

夢中だった。上司の妻を襲っているという、実感もなかった。夫人の抵抗がいっそう激しくなる。

「静かに……」

言いざま、高野は夫人の頰《ほお》を平手で力任せに打った。

「あなたって人は……あなたって人は」

夫人は両腕を突っ張って、高野の体を押しのけようと必死に暴れた。

高野は、夫人の耳に嚙《か》みついた。夫人が、高野の下顎《したあご》を嚙み返した。

そのような争いが十数分続いたあと、夫人は急に体の力をガックリと抜いて静かになった。

高野は、夫人の体を責めた。

恐怖におののきながら、責めた。怯《おび》えるな、吼《ほ》えよ吼えよ、と己れを叱咤《しった》しまくった。

両の目が溶け出すように熱くなる。

高野は息を乱した。獣のように息を乱し、熱い息を吐いた。

（やったぞ。あり得ない夢のようなことが現実となったんだ）

あとは、出世街道を破竹《はちく》の勢いで駆けるだけだ、と彼は思った。体の奥からフツフツと自信が湧《わ》いてきた。

3

高野は、小山京子に（必ず一流のモデルにしてやるから）と言い含めて、坂巻常務の自由になるよう半ば強要した。

「あなたは、自分の出世のために私を利用しようとしているのね。きっとそうだわ」

京子は、はじめのうち高野に憎悪《ぞうお》の目を向けていたが、高野が必死になって（君を一流のモデルに育てたい一心なんだ）と繰り返すと、彼女も汚れた彼の熱意を純粋に信じるようになった。

あとは簡単だった。京子と坂巻の間をとりもつと、大型経営者の評判高かった坂巻は、たちまち京子に溺《おぼ》れ込んでいった。

いや、〈一流モデル〉を意識した京子の方が、積極的に坂巻に向かっていったと言った方がいいかもしれない。

いずれにしろ二人が結ばれると、高野は有頂天になった。

なにしろ坂巻常務の秘密を、自分が摑んだことになるのである。次期、東京ファッションの社長である坂巻の私生活の秘密を握っている限り、高野は（もう怖いものはない）と思った。

「あの女は日本人としては君の言うように異色のモデルだ。あのモデルを今回のショーの中心に置いてプログラムを組みたまえ」

坂巻常務は上機嫌だった。

「今回のパリ・コレクションが成功し、沢木次長の容態回復がはっきりしない場合は、四月の人事異動で君を企画部次長か部長に抜擢《ばつてき》しようと考えている。ショーの成功のために全力投球してくれ」

「ありがとうございます」

「それから、小山京子は東京ファッションの年間専属モデルで契約して、他社には使わせないようにした方がいいな」

「既《すで》にそのように手を打ってあります」

「そうか、気がきくじゃないか」

坂巻常務は、例によって上目遣いでジロリと高野を一瞥すると、意味あり気に笑った。

高野は、おのれの出世街道が着着と整えられつつある、と思った。

(坂巻常務は、恐らく小山京子との関係をいっそう深めていくに違いない。それならば私としても……)

高野は、坂巻夫人の体が忘れられなかった。夫人との関係を深めれば深めるほど、出世が確実になると言う気がした。

「もう一度だけお会いしたいんです。会って下さいますね」

高野が、電話を入れると、夫人は控え目であったが承知した。

坂巻夫人にとっても、高野との情交は衝撃的快楽であったのだろうか？　また、夫人が夫以外の男の肌を知ったのは、高野が初めてであったのだろうか？

半ば力で犯されたものであったとしても、体の芯を貫く炎のような快感が、いつ迄たってもジクジクと燃え広がっていったのであろうか。それについては、夫人のみぞ知る、であった。

暗い曇り空の真っ昼間、二人は、Ｋホテルの一室で会った。ナイトテーブルの明りが、目に痛いほど眩しい部屋だった。

坂巻夫人の顔は、青ざめていた。高野の誘いを受けて、密会の場所まで来たものの、矢張り背信の怯《おび》えが彼女を支配しているのであろう。

「怖いわ……」

夫人が、ベッドの上でポツリと言った。そんな夫人の両肩を引き寄せると、高野は軽く唇を合わせた。

「こんなことを言うのは残酷ですが、坂巻常務もある女性と緊密な仲になっています」

「なんですって」

「奥さんは僕のことで何も苦しむことはないんです。僕は、むしろ奥さんが可哀《かわい》そうだと思っています」

「主人が他の女性と……信じられません」

「事実です。確かな事実です」

眉間《みけん》に皺《しわ》を寄せ、少し悲しそうな顔つきをして、高野は強調した。俺はうまく演じている、という確信が押し寄せてくる。

「夫が他の女と……」

坂巻夫人は、明らかにショックを受けていた。高野に肌を許したとは言え、彼女の愛しているのは夫・坂巻譲治だった。

高野は、腹の中でほくそ笑むと、茫然《ぼうぜん》としている夫人の浴衣《バスローブ》を静かに剝《は》ぎとった。

「きれいだ……本当にきれいだ」

高野は、夫人の裸身を眺めながら、自分もゆっくりと浴衣を脱いだ。すでに痛いほど本能の部分は硬直していた。

高野は、そっと夫人の体を抱いた。

「これからは僕があなたの精神的支えになりたい」

「主人の浮気は、本当なのですか」

「本当です。僕はもう、奥さんに対して小さなウソ一つ、吐《つ》けない男になってしまっています」

「そう……あのひとが、他の女と……」

「気を落とさないで。あなたには、僕がついていますから」

高野は、ぬけぬけと言った。だが、その言葉に、坂巻夫人はこっくりと頷くと、目を閉じて、高野の背に腕をまわした。その表情は悲し気に歪《ゆが》んでいた。

（オレも沢木次長以上のワルになってしまった）

高野は、そう思いながら、夫人の腰を強く引き寄せた。

だが、夫人の表情は、あいかわらず青白く悲し気であった。どこか遠くを眺めている瞳の色だった。

「坂巻常務は、今度のショーが成功したら僕を企画部次長か部長に抜擢すると言って下さいました。あとは奥さんの強力なあと押しがあれば僕の昇進は、まず間違いなく決定します。パリ・コレクションをご覧になったあと、私のショーの運営ぶりを充分以上に、坂巻常務にほめておいて下さい」

高野は、彼女の耳元で囁きながら、彼女の体中に掌《て》を這わせた。夫人の青ざめていた顔に、やっと赤味がさしかけていた。間もなく恍惚《こうこつ》の状態が襲ってくる前兆なのであろうか。

「もう、あなたから離れられない」

夫人は、沈んだ調子で言った。瞳の色も死んでいた。

「僕も奥さんから離れません。これからも誰にも知られず、奥さんと二人だけの秘密を楽しみたい」

高野は、またしてもぬけぬけと言いきると、わざとらしい呻《うめ》きを発して体を震わせた。

(出世だ。出世することが男の全価値を決める。出世を狙わない男は、闘争本能を忘

れた宦官《かんがん》と一緒だ)

高野は、坂巻夫人の美しい裸身の上でわざとらしくのたうちまわりながら、栄光を手にした自分の姿を想像して(全てが計算通りだ)と思った。出世、の二文字が頭の中で荒れ狂っていた。

4

それから数日後、衝撃的な事件が高野を襲った。

その日の朝、風邪気味で微熱のあった高野は、いつもより遅く起きて朝刊に目も通さずにあたふたと自宅を出た。

駅前で立ち食いソバを無理に流し込み、重い頭を抱えながら駅売店で新聞を買った彼は、なに気なく何ページ目かの全面広告に目をやって、思わずアッと叫んだ。

そこには、リナウン・ファッションのシースルー・ルックの最新デザイン・ドレス十五点がページせましとばかり掲載されていたのである。

しかも、その十五点のうちの七点が、東京ファッションのシャネイル・セクシュアル・ルックのデザインそのままであった。

高野は、くわっと目を見開き、その場に愕然《がくぜん》と立ち竦んだ。

（一体これはどう言うことだ……）

高野は、目まいを覚えた。単に重大事では済まされない大変な事態が発生したのだ。

彼は、震える手で、坂巻邸のダイヤルをまわした。パリ・コレクションを計画推進中の高野にとっては、致命的とも言えるライバル会社の広告であった。

電話の発信音が三度鳴ったところで、坂巻常務自身が電話口に出た。

「あ、常務、大変なことが……」

「高野君か。私もたった今、リナウンの新聞広告に気付いたところだ。親父《おやじ》からも雷を落とされた。一体新型デザイン管理はどうなっているのだ」

「はい、新型デザインについては宣伝部の課長代理以上と、企画部の少数の人間しか知りません」

「デザインが盗用されたことは、もうはっきりとしている。どんなことがあっても君の手で犯人を捜し出せっ！」

坂巻は激昂《げきこう》した調子で言うと、叩きつけるようにして電話を切った。

高野はすっかりうろたえていた。もう一度、全面広告に目を通してみると、下の方にリナウン・ファッション・ショーの案内記事があった。しかも、実施日は今日の午前十一時からである。

（ううむ……やられた）

高野は、蒼白《そうはく》になった。リナウンは全面広告と同時に、大大的なショーまで準備していたのである。高野が、どれほどあがいても挽回《ばんかい》の余地のない状況であった。

（誰が……誰がデザインの機密を漏《も》らしたのか）

高野は、目に見えぬ犯人を憎悪した。これで出世街道に、修復不能な深い陥没が出来たことは確実であった。

その時、高野は不意にハッとした。ある直感が脳裏を走ったのだ。

彼は、再度リナウンの広告を凝視し、そして次の瞬間、よろよろとよろめいて駅の柱にしたたか体をぶっつけた。

（あの女だっ！……）

リナウンにデザインを盗用された七点の商品は、高野が小山京子に与えたものばかりであった。会社の外部に、セクシュアル・ルックが流れたのは、小山京子と坂巻夫人に対してだけである。

しかも坂巻夫人には、新聞広告のものとは全く別の商品を手渡している。もし会社内部に犯人がいないとすれば、小山京子への疑いは確実なものとなる。

だがそれは、同時に高野自身のサラリーマン生命を奪う、決定打ともなるものだった。小山京子との、たった一度の情事に溺れて、彼は不覚にも企業生命とも言えるデザイン機密を、しかも現品で手渡したのである。

これは、迂闊《うかつ》と言うよりも、法的責任に該当しかねない背任行為であった。

彼は、夢遊病者のごとく、滑り込んできた電車に乗った。

(犯人が会社内部の別の誰かであってほしい……)

そうなれば、自分の責任はグンと軽くなる、と彼は思った。

ふと我を取り戻したとき、彼は高輪《たかなわ》プリンスホテルの〈リナウン・パリ・コレクション〉の会場にいる自分を発見していた。いつ、どこをどのように歩いてやってきたのか、彼は全く記憶していなかった。

内臓が全部とり去られて、体重が殆ど無くなったような体の不安定さがあって、しっかり立とうとしても膝《ひざ》からボキボキと崩れていきそうな気がした。

ステージの上は華麗だった。有名女優の司会で、次次と外国人モデルが出てくる。盗用された七点のセクシュアル・ルックは、満員の観客に、すばらしいリナウン商品としてのイメージを投げかけていた。

何人目かのモデルが、スポットライトを浴びて出てきたとき、高野は後頭部をいきなり撃打されたような衝撃を受けて、目の前が真っ暗になった。

あの小山京子が、セクシュアル・ルックに見事なボディを包んで、さっそうと登場したのである。東京ファッションの年間専属として契約したはずの彼女が、いま堂堂と宿敵リナウン・ファッションのコレクション・ステージに姿を現わしているのであった。

高野は、ふらっとショー会場から抜け出ると、猛烈な胃痛に襲われ、ショー会場そばの洗面所で激しく嘔吐《おうと》した。

（おのれ、あの女……）

高野は、幽鬼《ゆうき》のような顔をして、ステージの裏側へとまわった。

ちょうど小休《こやす》みに入ったところとみえて、外国人モデルたちが煙草《たばこ》を吹かしたり雑談したりしながら休憩していた。

「おや、東京ファッションの、高野課長じゃあないですか」

金髪の女と流暢《りゅうちょう》な英語で談笑し合っていた男が、振り返るなり、驚いたような顔を見せて言った。

リナウン・ファッションの企画宣伝課長・黒田省三《くろだしょうぞう》である。高野より二つ三つ年は若かったが、リナウンでは俊才と言われている企画マンだった。

高野とは、ファッション業界の合同研修会などで、しばしば顔を合わせている。

「困りますよ。こんな所へ勝手に入ってきて貰っちゃあ」

黒田がいかにも困惑したような顔で、高野を押し戻そうとした。その手を、高野は乱暴に振り払った。

「小山京子を……モデルの小山京子を呼んでくれ」

「小山京子？……そんな名前のモデルは使っていませんよ。とにかく、ここから出ていって貰わないと困る」

「今日のモデルの中に、日本人モデルが一人いるじゃあないか。あれが小山京子だ」

「一体何を言ってるんだ高野さん。あのモデルは銀座の最高級クラブ・サレムのナンバー1ホステスだよ。わが社が今年、大大的に売り出そうとしている新人モデルでね、小山京子と言う名前なんかじゃあない」

「銀座のホステス？……」

「なんだか高野さん、顔色がさえないね。いずれにしろショーの妨害は困りますな。ところで高野さん、あんた近いうちに次長に昇進するんだって？　そんな情報をちょっと耳にしたもんだから。宿敵の間柄だがおめでとうを、言わせてもらうよ」

「………」

「間もなく次のステージが始まる。さ、出ていって下さい」

「頼む、その銀座のホステスとやらに、少しだけでも会わせてくれ」

「くどいね。彼女は、わが社の企画宣伝部の脇坂《わきさか》次長が、日頃からモデル候補として大事に可愛がってきた女性だよ。そうそう、脇坂次長が高野さんによろしく、と言っていたな。多分、宿敵が視察に来るだろうから、一等席で歓迎しろってね。よかったら席をとりますよ……」

「いや、結構だ……」

高野は、黒田に背を向けた。その背に、黒田の嘲笑《あざわら》ったような声が飛んだ。

「脇坂次長は来月一日付で部長に昇進しますよ。お互いに頑張りましょう」

胃痛が再び高野を襲った。

(終わった……全てが終わった……破滅だ)

高野はよろめくようにして、黒田から離れた。

再びステージが始まったのか、軽快なリズムが聞こえてくる。その音楽を耳にしながら、高野は蠟《ろう》のように青ざめた顔をひきつらせて、襲いくる胃痛に耐えた。

凶悪《きょうあく》のラストベッド

1

池上京子《いけがみきょうこ》は脳卒中で左半身がマヒとなった老人の肉体《からだ》を、蒸しタオルで丹念に拭《ふ》き清めた。

老人は、一流ホテルのスイートルームのような特別病室に差し込む朝日を全身に浴びながら、右手に持った決算明細書に鋭い目を向けていた。

彼の左半身は萎《な》えていたが、眼光には病人らしからぬ爛爛《らんらん》たるものがあった。

老いた肉体を拭く京子の白いセーターの下で乳房が妖《あや》しく蠢《うごめ》く。三十三歳の肉体《からだ》は、女らしい優しさに熟《う》れていた。

彼女は、老人の下半身を拭くことにも躊躇《ためら》わず、老いて小さくやわらかなそれを消毒綿で丁寧に然《しか》しそっと拭いた。

かつて彼女の肉体を責めたそれは、もはや機能を完全に停止している。

老人が、決算書を枕元《まくらもと》へ叩《たた》きつけるようにして置いた。京子は、体の動きをとめて老人の顔を見つめた。

「藤井！」

老人が、怒鳴《どな》りつけるようにして、大声を張りあげた。控えの間になっている隣室から、「はい……」と男の声で返事がかえってきた。

怯《おび》えたような返事であった。

「横浜《よこはま》店と仙台《せんだい》店の売上げが、前年度より二十パーセントもダウンしておるじゃないか。店長をすげ替えろ」

「わかりました。社へ戻り次第、人事の方へ指示しておきます」

老人と隣室との対話は、それだけだった。

藤井と呼ばれた男は、老人の傍《そば》へやってこなかった。恐らく老人の許しがない限り、特別病室へ立ち入ることは禁じられているのであろう。

「あまり感情を高ぶらせることは、体によくありませんわ」

京子は、老人に下着を着せて、寝巻の乱れを直してやると、彼の美しい銀髪をいたわるように撫《な》でてやった。

老人が目を細めて、セーターの上から京子の乳房を玩《もてあそ》んだ。

彼女の体が前かがみになり、乳房が老人の口に吸い込まれた。

そうして弄《もてあそ》びながら、老人は恍惚《こうこつ》の表情でうっとりと目を閉じていく。まるで幼子《おさなご》のように。

乳房から伝わってくる刺激が次第に弱まり、京子の表情はホッとしたように緩《ゆる》んだ。色白の彫りの深い彼女の顔には朱がさしていたが、目の色はきつかった。

老人の名を、安岡文吾郎《やすおかぶんごろう》といった。

東日本では最大級の流通企業、『ラ・セオーヌ』のオーナー社長である。

ラ・セオーヌは、百貨店事業部とＤＸＳ《デクス》事業部から成り、年商九千六百億円をあげていた。

百貨店事業部は、東日本の中堅各都市にヨーロッパ感覚の洒落《しゃれ》たデパートを展開し、ＤＸＳ事業部は、庶民の生活に密着したスーパーストアーを全国規模で展開している。

ＤＸＳとはデラックス・ストアーの略である。

安岡は小学校しか出ていなかったが一代でラ・セオーヌを築きあげ、流通業界では立志伝《りっしでん》中の人物として、その経営手腕を高く評価されていた。だが安岡には、血を分けた後継者、つまり子供がいない。それが、彼にとっての唯一の弱点、と言えば弱点であった。誰にも明かしてはいなかったが、無精子症なのだ。

池上京子は、女子短大の英文科を出てすぐ、ラ・セオーヌの秘書室に入った。英語が堪能《たんのう》なため入社して半年目に、安岡の海外流通企業視察に通訳として同行した。

る。そして、サンフランシスコのホテルで、巧《たく》みな甘言に釣られ肉体を奪われたのであ

以来十三年間、社長秘書兼愛人として、安岡に尽くしてきた。

老人は、頬《ほお》の筋肉が疲れたようにだらしなくなり、口から溜息を吐き出した。

京子が「疲れたの?」と訊《たず》ねるようようなな顔つきをすると、そうと察したのか老人は黙って頷《うなず》いた。

このとき隣室でドアのあく音がした。

「あ、奥様……おはようございます」

隣室に控えている藤井の声で、京子は素早く身繕《みづくろ》いをし、馴れた早さで老人から離れた。

「藤井、君はもういい。社へ戻って仕事をしろ」

安岡に突き放すような大声で言われて、隣室の藤井が「かしこまりました」と答えた。

突き放すような安岡の喋《しゃべ》り方は、部下に何かを命じる時の癖《くせ》だった。

藤井は、ラ・セオーヌの専務取締役であった。年商九千六百億円をあげる企業の専務といえば聞こえはよいが、ワンマン安岡の前ではただの下僕《げぼく》に過ぎない。

安岡の老妻タキが、病室に入ってきた。老いて険《けん》のある顔に厚化粧をし、京子を認めた目に、たちまち憎悪《ぞうお》が漲《みなぎ》った。それは、安岡と京子との関係を知り尽くしている、憎《にく》しみの目の色だった。

京子は、さり気《げ》なく口を開いた。

「おはようございます奥様。今朝は社長、とても御気分がよろしいようですわ」

「まだ安岡に用がおあり？　なければ社へ帰って頂戴《ちょうだい》。あとは私が面倒をみます」

タキが、とげとげしい口調で言った。

京子は「畏《かしこ》まりました。それでは、これで……」と、安岡と夫人の二人に対し頭を下げ、控えの間へと引きあげた。

彼女は、タキには決して逆らわぬようにしてきた。控えの間に置いてあったハンドバッグを手にして、京子は特別病室を出た。

とたん、それまで柔和《にゅうわ》だった彼女の表情がキッとなる。

切れ長な涼しい目には、きつい光が満ち、ひきしまった薄い唇《くちびる》は、何かを決意するような気配を見せていた。女豹《めひょう》……そう、まさにそれの目つきだった。

2

一日の仕事を終えて自分のマンションへ戻った京子は、ネグリジェに着がえて、その上からガウンを着た。

安岡が倒れたため、残業は全《まった》くなくなり、五時に退社して六時前に赤坂《あかさか》の高級マンションに戻る毎日であった。３ＬＤＫの部屋は、安岡が九千三百万円で買って京子に与えたものであったが、名義は安岡文吾郎になっている。

安岡のケチ精神は、流通業界で知らぬ者はなかった。マスコミは、安岡の成功を、ケチ哲学に徹した結果だ、とも説《と》いている。

京子が安岡から受け取る手当の額は、月に僅《わず》か十五万円である。それに二十三万円の給与を合わせた計三十八万円が、彼女の生活費であった。

京子がリビングルームのソファに座って、サイドボードの上の置時計を眺めた時、玄関のチャイムが鳴った。

ソファから立ちあがった京子の口元に何かを計算するかのような笑みが漂《ただよ》った。

彼女は、ゆっくりと玄関に向かい、覗《のぞ》き窓《まど》で来訪者を確認してからドアをあけた。

黒い革カバンを手にした小柄な藤井専務が立っていた。

彼は、ガウンを着た京子を見て、眩しそうに一瞬、視線をそらせた。

「どうぞ……」

京子は、藤井専務を部屋へ招き入れた。

リビングルームのソファに座って、二人は向き合った。

五十三歳になる藤井は、ラ・セオーヌの創業期から安岡に仕えてきた男である。性格は温厚で、無口であった。

「第十三期から十七期までの裏決算書を持ってきたよ。しかし、社長は今頃《いまごろ》になって、この裏決算書をどうするつもりだろう」

藤井専務は、首をかしげながら、五冊の裏決算書を応接テーブルの上に置いた。

八年前、急成長を続けてきたラ・セオーヌは、初めて大幅な赤字決算となった。原因は急速な多店舗化による過剰設備投資にあった。

赤字決算は連続して五期続き、ようやく黒字に転換したのは三年前である。赤字決算の実態を示す五冊の決算書は、裏決算書として処理され、藤井専務の部屋にある大金庫の奥深くに機密書類としてしまわれていた。それに代わって公表された決算書は、むろん粉飾《ふんしょく》決算書であり、巨額の利益を計上して、メインバンクや株主の目を欺《あざむ》いていた。

京子は、テーブルの上の裏決算書を、サイドボードの上へ移した。藤井専務の不安そうな目が、裏決算書の動きを追う。

「やはり私が直接、社長に届けようか。大事なものだからね。なにしろ社長のほかに裏決算書のことを知っているのは、経理部長と私と君の三人だけだから」

「社長は、私に持ってこいとおっしゃったんです。命令通りにしないと、専務に対してだけじゃなく、私にも爆弾が落ちますわ」

「それもそうだな。じゃあ頼む」

自信なさそうな表情の藤井は、そう言って立ちあがった。

裏決算書の叩き台は、ホテルオクーラのスイートルームで、安岡、藤井、経理部長の三人が幾日も額《ひたい》を寄せ合って作成したものであった。京子は、裏決算書の作成に必要な経理資料を、社長専用車を使って会社からホテルへ運び込む役目を請け負った。

「もっと、ゆっくりなさって下さい」

京子は、玄関へ向かおうとする藤井の前に、さり気なく立《た》ち塞《ふさ》がった。

藤井を見つめる京子の目は、メラメラと燃えあがっていた。そう、あの女豹《めひょう》の目つきだ。

藤井は、徒《ただ》ならぬ女の熱気を感じてたじろぎ、鳥肌が立つのを覚えた。

(勝負どきだわ……)

京子は自分に言ってきかせた。藤井は、「失敬……」と言いつつ、京子の脇《わき》をすり抜けようとした。

彼女の白い手が、それを押しとどめた。藤井の顔がこわ張った。

安岡と京子の関係は、社内では公然の秘密である。役員たちは、安岡の逆鱗《げきりん》に触れることを恐れ、彼女に近付き過ぎることを極度に警戒していた。誰《だれ》もが安岡と京子を一つに見ていた。したがって京子の発言には、ワンマン安岡の威光《いこう》が常についてまわった。

京子の依頼を受けた藤井が、なんの疑いも抱かずに裏決算書を彼女のマンションへ持ち込んだのも、そのためである。

「パパは、もう私を抱けない体になったわ。これからは専務に愛されたいの」

京子は、さらりとガウンを脱いだ。

薄いネグリジェの向こうに、京子の優しく柔らかそうな肉体《からだ》があった。

藤井は、思わず目をそむけた。そむけたが、心は京子の肉体《からだ》を見つめていた。

京子は、小柄な藤井の腕を摑《つか》んで、寝室のほうへ引っ張っていった。藤井も当たり前の欲望を持つ男である、抗しきれなかった。

二つの体が、もつれるようにしてベッドの上に倒れた。

京子は、藤井の手を摑んで、自分の胸に強く押し当てた。

藤井の若くはない肉体に火がついた。五十三歳の理性はたちまち押し流された。

彼は、ワンマン安岡の怖さを忘れて、京子の体に武者振《むしゃぶ》りついた。

京子の左手が素早く動いて、ベッドの脚《あし》についている何かのスイッチのような釦《ボタン》を押した。頭の中が火車となっている藤井は、気付かない。

京子が小さな抵抗を見せて「いや……」と言った。彼女のその突然の抵抗が、藤井の狂乱をかえって煽《あお》った。

彼は、両手で力任せにネグリジェを引き裂いた。京子の雪のように白い肌が露となった。

彼女は、なおも抵抗する素振《そぶ》りを見せて、「やめて……いやッ」と言った。

だが藤井は、すでに欲望そのものと化していた。それは安岡に抑圧され続けてきた男の、凄《すさ》まじい反動でもあった。その反動を、頭上のビデオカメラが音を立てることもなく静かに克明《こくめい》に捉《とら》え続けていた。京子が最高の演技で、「助けてえ…」という表情を拵《こしら》えた。役者そこのけの表情を。

3

京子は特別病室の前にたちどまると、深く息を吸い込んだ。

彼女の顔は、ひどく緊張していた。藤井専務との昨夜の情交が、京子の脳裏《のうり》をかすめた。

(安岡体制は、もう長くないわ。もしパパが亡くなったら、私は、ただの女になってしまう。十三年間も尽くしてきたのに、ただの女になり下がってたまるものですか)

京子は、病室のドアをノックしてから開けた。中年のナースが検温を済ませて、奥の病室から出てくるところだった。

京子は、軽く頭をさげてナースを病室の外へ送り出した。

「京子か?……」

聞き馴《な》れた安岡の嗄《しわが》れ声《ごえ》が、今日に限って、京子には不快であった。

彼女は、安岡の枕元に近付いた。

待ちきれずに、彼の手がのびた。

京子は冷ややかな表情のまま、情夫に乳房をいじらせた。ブラウスの上から、安岡の指先が乳房のそこかしこを抓《つま》む。

京子の背中に虫酸《むしず》が走った。

彼女は、安岡の手を、やんわりと払った。いつもだと、ここでブラウスの釦をはずし、我慢して彼に乳房を吸わせるところであった。

老人の目は、彼女の動きを期待していた。京子は、肩からかけていた大きめのショルダーバッグを開くと、二つに折った茶封筒を取り出した。安岡が、怪訝《けげん》そうに京子と茶封筒を見比べた。

「この封筒の中に五枚のコピーが入っています」

「コピー？……」

安岡は自由のきく右手を使い、受け取った茶封筒の中からＢ４のコピーを五枚、取り出した。

安岡の顔色が、サッと変わった。それは五期分の裏決算書の表紙だけをコピーしたものだった。

「おい。どういう意味なんだ、これは」

「昨日、五期分の裏決算書を藤井専務から受け取り、ある銀行の貸金庫に預けてあります」

「なにい。一体なんのためだ。わが社の最高機密の書類に、私の許可なく触れる奴《やつ》があるか馬鹿者。藤井を、すぐに此処《ここ》へ呼べ」

「私の言う条件を呑《の》んで下されば、裏決算書はすぐにでもお返し致します」

「条件？……狂ったか貴様ッ！　大恩《だいおん》ある私を脅迫する気か」

安岡が、顔面を紅潮させて老いて不自由な上体《からだ》を起こそうとした。それを京子が、やんわりと押さえ込むようにした。

「私はパパに少しも恩など感じていないわよ。十三年もの間、私の体を好きなように食い散らしておいて、一体何を与えてくれたというの。私が得たものは虚《むな》しさだけだったわ」

「うるさい。裏決算書を私の所へ持ってこい。そうでないと後悔することになるぞ。お前のやっていることは窃盗という犯罪だ馬鹿野郎」

「五期連続の粉飾決算のほうが、遥《はる》かに恐ろしい犯罪でしょうが。裏決算書が警視庁や東京地検の手に渡れば、間違いなくパパに手錠《てじょう》が掛かるわ。そうなるとラ・セオーヌの安岡体制も終わりだわね」

「くそっ、お前が、そんな女だったとは……裏切りやがって」

安岡は、唇をぶるぶると震わせた。端整な京子の顔もひきつっていた。

彼女は、いま自分がやっていることの恐ろしさを、充分に認識していた。恐ろしさで、ともすれば、最初の決意が挫折《ざせつ》しそうであった。

彼女は一世一代の博打的《ばくちてき》な勝負に打って出たのである。この機会を逃《のが》せば婚期を逸した、ただの中年女になってしまう。財産と呼べる程のものが無い彼女には、それが何よりも怖かった。

「条件を言わせて頂くわ。まず一つ目は、いま住んでいるマンションの名義を、私の名義にして下さること、二つ目はパパに十三年間尽くした慰労金《いろうきん》として、会社の裏金の中から十億円を私に下さること」

「馬鹿《ばか》かお前は。何を寝呆《ねぼ》けたことを言っているんだ。マンションの名義は、お前の名義にしてやろう。しかし、十億円もの金を手渡すわけにはいかん。私を甘くみるな」

「パパのほうこそ、私を甘くみているようね。十億円を下さらないのであれば、裏決算書は今日にでも東京地検へ持ち込みます」

「なんという恐ろしい女だ。お前、正気で言っているのか。人生を駄目にしてしまうぞ。いや、それだけでは済《す》まない」

「正気で言ってるわ。人生？　ふん、糞《くそ》くらえだわよ。とにかく十億円に鐚一文《びたいちもん》不足しても許さないから」

「さては裏に若い男がいるな。男の名を言え。誰だ、社内の男《もの》か」

「男なんて、パパ一人でこりごりよ」

京子は、五枚のコピーをショルダーバッグにしまった。蒼白《そうはく》になった彼女の顔には、今や殺気すら漂っていた。

重苦しい沈黙が一分、二分と、二人を包んだ。

京子は、身じろぎもせずに、ワンマン安岡文吾郎の顔を見続けた。睨《にら》みつけるようにして。

「わかった。藤井に指示して、明日、お前の取引銀行へ振り込ませよう」

安岡が苦し気に口元を歪《ゆが》め、呻《うめ》くように言った。

京子は、すかさず首を横に振った。

「全額を銀行振込にするのはお断わりします。十億のうち二億は、明日の夜、私のマンションへ、藤井専務が現金で持参し、残り八億を当日中に銀行振込して下さい。よろしいわね」

京子は、ピシャリと言って、安岡のベッドから離れた。彼女の背に向かって、安岡が震え声で罵声《ばせい》をあびせた。

「屑《くず》めが、生臭い屑野郎《くずやろう》が。お前は今日のことを計算して、私に尽くしてきやがったな。詐欺師《さぎし》め。二度と此処へは来るな」

4

病院を出た京子は、雲一つない青空を仰いだ。大仕事を果たし終えたような疲労感が、体のふしぶしに残っていた。

彼女は、振り返って白亜七層の病棟を眺めた。ふてぶてしい笑みが、ようやく彼女の口元に漂った。

京子は通りかかったタクシーを、手をあげて止めた。

病院から、ラ・セオーヌの本社までは、車で十五分ほどの距離である。京子は、臆《おく》することなく、車をラ・セオーヌへ向かわせた。

(平凡な女で終わりたくない。男にも服従したくない。男はもう、こりごり。それには、お金がいるわ。お金さえあれば、男を顎《あご》で使うことが出来る)

京子は、そう思った。痛切な思いであった。

京子には兄弟姉妹がいない。父親は、彼女が四歳の時に病没し、母親が水商売に身を投じ必死で彼女を育てあげた。

京子が女子短大を卒業した年、身心共に疲れ果てた母親は、乳癌《にゅうがん》に冒《おか》されて呆気《あっけ》なく世を去った。京子が社会人となるのを待ちかねていたような、母親の死であった。今も彼女は、亡くなった母に大きな恩を感じている。ひたすら働き続けた母のことが大好きだった。尊敬してもいた。

けれども母親の生きざまを見続けて育った京子は、世の荒波に対する女の力の限界を、肌で学び取っていた。

タクシーが、ラ・セオーヌの前でとまった。

京子は、料金を払ってタクシーを降りると腕時計をチラリと見てから、十五階建ての本社ビルを見上げた。マンションから病院へ直行したため、時刻は既《すで》に午前十一時を過ぎている。

京子は、藤井専務の部屋へ直行した。

専務室のドアをノックしてあけると、真ッ青な顔をした藤井が、平身低頭して受話器を置くところであった。

京子と藤井の視線が宙でぶつかり、一瞬、火花が散った。

「君と……君という女は！」

藤井は五体を震わせて京子に詰め寄ると、いきなり右手を振り上げた。

京子の頬が鋭く鳴った。が、彼女は一歩も退《ひ》かぬ表情であった。

藤井は、吊り上がった目で京子を睨《にら》みつけた。

「社長は、電話で激怒しておられた。私は君のマンションへ金など持ってはいかんぞ。世の中を、なめるな。銀行振込もせん」

「いいえ、やって頂きます。そうでないと専務が窮地《きゅうち》に陥《おちい》ることになりますわ」

「私が窮地に？……」

京子は、ショルダーバッグの口をあけると、ビデオテープを取り出した。

「専務が昨夜、私を暴行した事実が、このビデオテープに写っています」

「暴行だと。馬鹿なことを言うな。あれは合意だ。しかも君のほうから積極的に……それにしても、おい、一体いつの間にビデオなどを」

「専務がどう弁解なさろうが、このビデオテープが暴行の全《すべ》てを証明しています。専務は必死で抵抗する、か弱な私を力ずくで獣のように……」

「黙れッ、そんな欺瞞《ぎまん》が私に通用するとでも思っているのか」

「では、このビデオテープを社長に手渡します。社長は恐らく、このテープを信用しますわ。その結果、専務はラ・セオーヌから追放されるでしょうね」

京子は、断固とした口調で言うと、身を翻《ひるがえ》すようにして専務室を出た。

「ま、まってくれ」

藤井の悲痛な声が、京子の背中を追った。

彼女は、口元に冷笑を見せて、専務室へ引き返した。勝ち誇ったような、冷笑であった。女豹の冷笑だ。

「わかった、現金は必ずマンションへ持っていく。そのかわりビデオテープはこの場で返してくれ」

藤井が、ガックリと肩を落として言った。

京子の鼻がフンと鳴った。

「テープは、十億円と引き換えです。それから、十億円を頂戴したら、私は退職させて頂きます。勤続十三年の退職金は、十億円とは別に規定通りキチンと支払って下さいね」

「十億円を脅しとった上、退職金まで出せと言うのか」

「専務が退職金の支払いにストップをかければ、人事部や経理部が不審がります。円満退社で処理したほうが、会社のためにも専務のためにもよろしいかと思いますけれど」

京子は言い終えて、踵《きびす》を返した。

藤井が応接ソファに、ドサリと体を投げ出した。顔色は、もはやなかった。

京子は、秘書室へは顔を出さずに、ラ・セオーヌを出た。彼女は、全身の筋肉が、痛いほど固く張っているのを感じた。

安岡の前でも藤井の前でも、彼女は必死になって悪女を演じた。そうしないと、これからの自分の人生が、灰色のままで終わってしまいそうな気がした。

(脳卒中でマヒした安岡の体は、二度と正常には戻らないわ。ラ・セオーヌのオーナーとはいえ、健康を害した権力者の末路は決まっている。今のうちに安岡から絞り取れるだけ絞り取らないと)

京子は、暫《しばら》く歩いたところで、振り返った。

十三年間勤めたラ・セオーヌの本社ビルが青空をバックにして、そびえていた。京子はさすがに感慨を覚えた。振り返れば、長いようで短い十三年間だった。

「さようなら、ラ・セオーヌ……」

京子は、呟《つぶや》いて歩き出した。安岡と交わる時の痴態の数数が、脳裏をよぎった。

安岡は京子との交わりをビデオカメラで写し、あとで酒を呑みながら観《み》るのが好きだった。

安岡によって、京子は性の喜びを教えられた。彼女が、安岡から得たものは、それだけであった。いや、ビデオカメラを用いるという生臭い〝裏技《うらわざ》〟をも教えられた。

（さあて、十億円を何に使おうかしら）

京子は、何処迄《どこまで》も歩きながら考え続けた。

5

京子のマンション、翌日の午後七時。部屋のドアがノックされた。

京子は、覗き窓から、藤井専務が一人で来たことを確認してから、静かにドアをあけた。藤井は、重そうな旅行カバン二つを両手に持っていた。

「お疲れさま。さ、どうぞ……」

京子は、無表情に相手を迎えた。藤井も、むっつりとしていた。

二人は、リビングルームで、立ったまま向き合った。

「別室に知り合いの男二人が来ています。今夜は大人《おとな》しく私の指示通りにしたほうが身のためです」

別室に男がいると聞いて、藤井が悔《くや》しそうに下唇を噛《か》みしめた。

京子は、藤井から旅行カバンを受け取ると、応接テーブルの上であけた。

二億円の現金がビッシリと詰まっていたので、京子の喉《のど》が、たちまちカラカラになった。

彼女は、旅行カバンを閉じた。手が震えていた。

「退職金は?」

「給与や退職金は、社員の取引銀行に振り込むのが、わが社のルールだろう」

「あ、そうでしたわね。じゃあ、今夜はこれでお帰り下さい」

「裏決算書とビデオテープを出したまえ」

八億円が、すでに自分の口座に振り込まれてあることを、昼間のうちに確認済みの京子は、旅行カバンを手にして寝室へ入ると、ベッドの上に旅行カバンを置いた。

藤井は、寝室の入口の所に立って、用心深く室内を見まわした。

京子は、天井に取り付けたビデオカメラを指さした。

藤井の顔が、苦虫《にがむし》を噛《か》み潰《つぶ》したように歪んだ。

京子は枕元に置いてあったビデオテープを、彼に手渡した。

「裏決算書はどうしたんだ」

藤井が、小声で威嚇《いかく》した。別室に、男がいると信じ込んでいるようだった。

京子は藤井の体を押すようにしてリビングルームへ戻ると、サイドボードの上の受話器を取りあげた。藤井が苛立《いらだ》ったように舌打ちをした。

京子は、安岡が入院している特別病室の電話番号をまわした。

先方の受話器は、安岡の枕元に置いてあり、神経を刺激するベルの音ではなく、綺《き》麗《れい》なメロディが鳴るようになっていた。

二度の発信音のあと、安岡のタンが絡《から》んだような声が、受話器を伝わってきた。

「パパ？　京子よ、いま例の物を頂きましたわ。どうも有難《ありがと》う。ついでに、もう一つお願いがあるの。パパは新宿《しんじゅく》に、九階建ての貸しビルを持っておられたでしょう。あのビルの……」

「おい、よせッ」

藤井が、横から受話器を奪って、京子の体をドンと突き飛ばした。

「社長、これ以上、彼女の言うことをお聞きになる必要はありません。あとは私にお任せ下さい」

藤井は、幾度も腰を折りながら、受話器を置いた。京子が、再び受話器を取りあげようとした。その手を、藤井が眦《まなじり》を吊り上げて押さえた。

「要求があるなら、私に言え。社長は御病気の体だ」

「貸しビルの三階の全フロアーが、あいていた筈《はず》よ。その三階の所有権を私に移してほしいの」

「図に乗るな。これ以上の無理を言うなら、警察に訴えるぞ。たとえ社長や私が苦境に立たされようともだ」

小柄な藤井が、背伸びをするようにして、京子を睨みつけた。

京子は、腕組をして、ちょっと考え込んだ。弱い動物も、追い詰めれば牙《きば》をむいて、立ち向かってくる。だが京子は、安岡からは、まだまだ絞り取れる、と思った。

「結構よ、どうぞ警察に訴えて下さい」

京子は、素早く受話器を取りあげると、一一〇番をまわした。発信音が鳴るか鳴らぬうちに、警視庁の応答があった。

京子は、受話器を藤井に突きつけた。藤井が、怯えを見せて、あとずさった。警視庁の応答が続いた。

藤井が「切ってくれ、早く……」と、声をひそめて懇願《こんがん》した。京子は、受話器を置いて、彼に迫った。

「五日以内に、必ず三階フロアーの所有権を移転して下さい。よろしいですね」

「社長に……社長に君の要求は伝えておく」

藤井は、呻くように言い残して部屋を飛び出した。

京子はドアに鍵《かぎ》を掛けて寝室へ入って行くと、もう一度旅行カバンをあけた。二億円の札束が、目の前にあった。夢ではなかった。その現実に、女豹の喉が小さく鳴った。

6

京子は、西新宿《にししんじゅく》のオフィス街に立って、壁面が総ガラス張りになっている九階建てのビルを見上げた。安岡文吾郎がオーナーとなっている『安岡第一《やすおかだいいち》ビル』だった。このビル以外にも、安岡は都内に五棟の貸しビルを所有し、いずれも一流企業の本支店に貸していた。

京子は安岡第一ビルの正面玄関を潜《くぐ》った。

一階は広広としたロビーになっていた。

彼女は、壁に掛かっている各階案内の表示板を眺めた。空室になっている三階を除いて、全フロアーに名の知れた企業の支社や営業所が入っていた。

三階には、関西系商社の東京支社が入っていたが、一ヵ月前に支社ビルが完成して退去し、現在は空きになっている。

京子はエレベーターで三階へあがった。ＪＲ新宿駅に近い安岡第一ビルは、各階フロアーの面積が、約六百六十平方メートルあった。

（三階のフロアーを、しっかりした企業に貸せば、安定した収入を得られるわ）

京子は、安く見積っても月に二百万円の賃貸収入は堅い、と計算していた。

三階でエレベーターを降りると、関西系商社の名前が刷り込まれたままになっているドアがあった。

京子は、ドアのノブをまわした。ドアには鍵が掛かっていなかった。

彼女は、ドアをあけて、ガランとした部屋の中へ入った。

約二百坪の部屋は、三方が総ガラス張りのため、非常に明るかった。

京子は、室内を歩きながらニンマリと笑った。藤井専務に所有権移転を要求してから、すでに四日が経《た》っている。

京子は、安岡が要求に応じるだろう、と確信していた。

彼女は、ハンドバッグからケントを取り出して、口にくわえようとした。

この時、背後でドアがバタンと鳴った。

京子は、ビクッと肩を震わせて振り向いた。いつの間にやってきたのか、黒い革ジャンパーを着たレスラーのような体つきの男が二人、ドアを背にして立っていた。

京子の顔色が変わった。一人の男が落ち着いた動作で、ブラインドを降ろし始めた。京子の彫りの深い顔が、恐怖で歪んだ。ブラインドが全て降ろされ、部屋の中が夕方のような暗さになった。

「マンションの鍵を出せ」

背の高いほうの男が、京子の前に立って右手を差し出した。京子の手から、ポトリと煙草《たばこ》が落ちた。

「いい女だ。柔らかそうな体つきをしていやがるぜ」

もう一人の男が、脂ぎった目で、京子の体を見つめた。京子は、あとずさった。

「安岡の差し金で、私の動きを見張っていたのね。マンションの鍵を奪って、安岡に手渡す魂胆《こんたん》でしょう」

「奪うのは鍵だけじゃねえ。あんたの、お命もだよ」

背の高いほうの男が、ジャンパーのポケットから、麻紐《あさひも》を取り出した。京子は、更《さら》にあとずさった。

「自分で窓をあけて飛び降りるか、絞め殺されて東京湾に沈められるか、好きなほうを選んで貰《もら》おうか」

もう一人の男が、凄みを見せて言った時、彼らの背後で、ドアが音もなく開いた。サングラスをかけて、紺のスーツを着た長身の男が姿を見せた。麻紐の男が、そのことに気付かぬまま、京子に飛びかかろうとした寸前。

サングラスの男の指が、パチンと鋭く鳴った。

二人の男は、反射的に振り向いた。

男の指が、また鳴った。

「なんだ、てめえは」

二人の男が、サングラスの男を左右から挟むようにして近付いていった。長身の男は、無表情だった。京子は、息を呑んで三人の男を見守った。

「面倒くせえ、やってしまえ」

麻紐の男が、紐を右手に巻きつけて、サングラスの男に殴《なぐ》りかかった。だが、もんどり打って倒れたのは、殴りかかったほうであった。

京子には、サングラスの男の動きが、殆《ほとん》ど見えなかった。床に叩きつけられた男は、すぐに跳《は》ね起《お》きて、ジャンパーのポケットからキラリと光るものを取り出した。

もう一人の男の手にもナイフが光った。

サングラスの男が、僅かに腰を沈めた。バラリと開いた男の十本の指が、ボキボキと鳴った。

一本のナイフが、男の脇腹を襲った。

男の体がフワリと宙に舞いあがり、その足が敵の顔面に炸裂《さくれつ》した。

敵が、声もなく倒れた。潰された鼻から鮮血が噴き出し、それがみるみる床を汚していく。

一瞬の勝負に、残った一人はたじろいだ。

サングラスの男は、敵が戦意喪失したと知って、黙ってドアの方を指差した。

残った男が、倒れた仲間をかつぐようにして、部屋から出ていった。時間にして、一分と続かぬ呆気ない勝負だった。

京子は、血で汚れた床をティッシュペーパーで拭くと、サングラスの男の前に立った。

「私が捨てておきましょう」

男が京子の手から、血を含んだティッシュペーパーを受け取った。バリトンのきいた野性的な声の男だった。

「助かったわ。やはり期待通りの強さね。これ、特別ボーナスよ」

京子は、ハンドバッグをあけ、二十万円の現金が入った白い封筒を、男に摑ませた。

男は黙って一礼すると、彼女の前から立ち去った。

京子は、男の一挙一動に、鍛練され磨きぬかれた戦士の匂《にお》いを感じた。それに礼儀正しい。

（使えるわね、あの男……）

彼女は、自分の選択眼が狂っていなかったことに、満足した。

男は、日本最大の警備会社である『極邦警備保障《きょくほうけいびほしょう》』の要人警護課に籍を置く、火野士郎《ひのしろう》だった。年は三十六になる。

極邦警備は、資本金六十億円の東証一部上場企業であり、全国に八百営業所を展開し、従業員八千名、年商二千億円を誇っていた。警備事業部、警備機器事業部の二つの事業部から成り、前者は企業や要人の警備、現金護送などを業《ぎょう》とし、後者は電子警備システム機器を開発・製造して企業や一般家庭に売り込んでいた。

経営者の村樹忠彦《むらきただひこ》は、もと政府の内閣調査室にいたキレ者であった。

極邦警備保障では、要人警護課に警護の依頼があると、まず依頼者を本社内にある武闘教練場へ案内し、課員の格闘訓練を見せる。また依頼者は訓練中の課員の中から、気に入った人材を指名することも出来た。

火野士郎は、京子に指名された凄腕《すごうで》の警護員だった。

彼女は、火野の経歴をいっさい知らなかったが、要人警護課が極邦警備保障のエリート部門であることは責任者から聞かされていた。

彼女は、十億円を手に入れた翌日から、身辺を火野にガードさせていた。

彼に手渡した特別ボーナスは、危機を救ってくれた時に渡すつもりで用意していたものである。それが早くも役立ったのだ。

彼女は、安岡が苦しまぎれに、刺客《しかく》を差し向けてくるであろうことを、早くから予感していた。薄暗い世界にも顔がきく安岡だ。

ラ・セオーヌが巨大企業になる過程で、安岡は随分と悪辣《あくらつ》なことをやってきた。暴力組織など、闇《やみ》の世界とも交流があると囁《ささや》かれた一時期もあった。そういった安岡の素顔を、十三年間も尽くしてきた京子は、よく知っている。だからこそ極邦警備保障に身辺警護を頼んだのだ。

（火野士郎……彼のパワーを背後に置いておけば私は、たいていのことが出来る。手元の十億円を二十億円に、二十億円を三十億円に増やしてみせるわ。警護料など高いとは言っても、たかがしれている）

京子は、床を薄く汚している血のあとを見ながら、ニッと笑った。妖気を漂わせたような笑いだった。その表情には、もはや年商九千億円企業の社長秘書だった面影はなかった。

7

京子は浴衣《バスローブ》を着て、リビングルームのソファに座り、ワインを呑んでいた。彼女は上機嫌だった。

十億円は先《ま》ずは堅実にと考え、期間一年ものの割引金融債に既に投資していた。利息だけで、年に五千万円にはなる。向こう二、三年の生活費は、十三年間に貯《た》めたいささかの貯蓄と退職金で、充分だった。

ワインを呑み飽きた彼女は、サイドボードからブランデーを取り出そうとして、立ちあがった。

すると、玄関で来客を告げるチャイムが鳴った。

京子の目が、光った。待ちかねていたチャイムの音だった。

自信に満ちた足どりで、彼女はゆっくりと玄関に向かった。

彼女は、ドアの覗き窓に片目を当てた。藤井専務が、疲労の濃い表情で立っていた。

京子はドアをあけ、

「どうぞ……お待ちしていました」

と迎えた。

藤井は、さっさと靴を脱いでリビングルームのほうへ歩いていった。

京子はドアを閉める時、赤い絨毯《じゆうたん》が敷き詰められている外《そと》廊下に、視線を走らせた。火野の長身が、廊下の向こう角にチラリと見えていた。

彼女は、火野の徹底した警護ぶりに感心した。

ドアを閉めてリビングルームへ戻ると、応接テーブルの上に二通の権利書がのっていた。

一通は彼女が住んでいる部屋の権利書、もう一通は安岡第一ビルの三階フロアーの権利書だった。二つの物件が、池上京子の所有となったのだ。

「ふふッ……」

京子は、いたずらっぽく笑うと、二通の権利書の内容を確認したあと、サイドボードの横にある金庫にしまった。

「裏決算書を出して貰おう。今夜は、返して貰うまで此処を動かないつもりだ」

「約束通り、お返し致しますわ」

京子は、銀行の貸金庫の鍵と市販されている『藤井』の三文印をハンドバッグから取り出して、応接テーブルの上に置いた。

藤井が、鍵と印鑑をわし摑みにした。

「裏決算書は、会社のメインバンクの貸金庫にしまってあります。藤井の名前で借りてありますから、どうぞ」

「貴様ッ、メインバンクの貸金庫になど、なぜ預けた。ふざけるのも、いい加減にしろ」

「あまり大声を出さないで下さい。書斎にボディガードがいますから」

「ボデイガード？……」

藤井が、京子の言葉で怯えたように、声をひそめた。

「専務もご存知《ぞんじ》なのでしょう。私が二人の刺客に襲われたことや、その刺客が私のボディガードに倒されたことを」

「し、しらん。なんの話だ」

「知らなければ、知らないで結構ですわ」

「君のおかげで、私に対する社長の信頼はゼロになってしまった。君の言葉を信じて、裏決算書を会社から持ち出した私が馬鹿だったが、このままでは済まさんぞ」

「また、刺客を差し向ける、とでも仰《おつしや》るのですか」

「社長の怒りが、どれほど恐ろしいか、君が最もよく知っている筈だ。その社長を、君は裏切り激怒させたんだ。ただで済むと思うほうが、間違いだ」

「専務も、このさい頭を切り替えたらいかがですの。ワンマン安岡社長も今は気の毒なことに半身が不自由なんですよ。医者も回復は無理だろうと言っています。どうしてラ・セオーヌの乗っ取りを真剣に考えないのですか」

「馬鹿なことを言うな。社長はオーナーであり筆頭大株主だ。太刀《たち》打《う》ち出来るわけがないだろう。長い間、社長秘書をつとめてきたのに、それぐらいのことも解《わか》らないのか」

「筆頭大株主といっても、持株比率は十六パーセントでしょう。ラ・セオーヌには主要取引銀行が六行あり、それらの持株を全て合わせると二十四パーセントになりますわ。専務は確か五パーセントでしたわね。六行を味方につければ二十九パーセントになり、安岡社長を抑えることが出来るではありませんか」

「君は私に、社長を裏切れ、というのかね」

「馬鹿馬鹿しく社長に尽くしてきた私も、裏切りました。そしてちょっとした資産家にさせて戴きましたわ。戦国時代の昔から、権力争いには裏切り行為がつきものではありませんか。専務も安岡社長の下僕生活から、そろそろ本気で脱出なさらないと」

「うむ……」

下僕生活と言われて、藤井の顔が歪んだ時、サイドボードの上の電話が、けたたましく鳴った。

京子が、ソファから立ちあがって、受話器を取りあげた。

藤井の視線が、彼女の豊かな胸にチラリと注《そそ》がれる。

京子が「わかりました」と言って電話を切った。

美しい表情が、いささかショックを受けたかのように僅かに変わっていた。だが彼女の豊かな胸に関心を注いでいた藤井は、京子の表情の変化に気付かなかった。

京子が、不意に浴衣《バスローブ》を脱ぎ、その下の薄いネグリジェをとった。

雪のように白い裸身が、露となった。

藤井は、京子の突然の行為に、呆然《ぼうぜん》となった。京子は、藤井を挑発するように、両手で乳房をさすった。藤井の喉仏《のどぼとけ》がゴクリと上下する。

女の肌の香りが、たちまち部屋に満ちた。

「書斎のボディガードは気になさらなくて結構よ。専務にはご迷惑をかけたので、もう一度抱かれてあげます」

「君……」

「大丈夫。ビデオカメラは、もう取り外しましたわ。さ、こちらへ」

京子は、藤井を寝室へ誘った。藤井が、夢遊病者のように、京子の後に従った。京子にこりていないのか、この男。

京子はベッドに横たわり、淫《みだ》らに体を開いて、藤井を挑発した。わざとらしい演技だこと、と彼女は自分で思った。

けれども藤井は、着ていたものを慌ててかなぐり捨て、京子の体に武者振りついた。

京子の視線と言えば、天井の一点に釘《くぎ》づけになっていた。それは、明らかに何かを考えている目つきであった。

藤井が腰を退《ひ》いて、何やら呟きながら京子の股間に顔を埋めた。哀れな、男の姿であった。やはり、こりていないのだ、この男。

藤井の舌先が、花芯《かしん》を這《は》った。

それでも彼女の視線は、天井の一点に釘づけになっていた。

藤井の顔が彼女の腹の上に這い上がってきた。

「専務、これがラストベッドよ。私の要求はラ・セオーヌの新社長となっても聞き入れて下さること。いいですわね」

「そう簡単に、社長にはなれない」

「安岡社長は、容態が急変して死にました。さきほどの電話は、私が安岡の特別な秘書であることを承知している病院の主治医からの電話です。次期社長は、おそらく専務でしょうね」

藤井が、アッと叫んで京子の体から飛ぶようにして離れた。

「しゃ、社長が亡くなったと?……」

「はい」

「た、大変だ。すぐに病院へ行かねば……」

「裏決算書は返しますが、コピーは持っていることにします。困ったことがあれば、これからも助けて下さいますわね、専務……いいえ、次期社長さん」

京子は、喉を震わせて甲高《かんだか》く笑った。

藤井は、口を半開きにし、身じろぎもせずに、京子を見続けた。勝ち誇った女の笑い声は、いつ迄も続いた。

欲望の崩壊

1

ホテルオクーラのロビーは、いつになく静かであった。

東京開発銀行の秘書課長・藤堂修平《とうどうしゅうへい》は、その長身をソファに沈めて、英字新聞に目を通していた。

東大法学部を首席で出た彼は、昨年、三十歳の誕生日を迎えた日に、秘書課長に抜擢《ばってき》されている。異例のスピード出世だ。しかも、秘書課長のポストは、役員への最短エリート・コースである。

藤堂の仕事ぶりいかんでは、四十歳前に役員になれる可能性が充分にあった。

彫りの深い藤堂のマスクは、いかにも知的で凛凛《りり》しい。だが、その整ったマスクの裏で彼は、ビジネスマンとして凄《すさ》まじい野心を燃えあがらせていた。

（必ず、東京開発銀行の最年少重役になってみせる。どんな手段を使ってでも……）

それが彼の野望だった。もし彼が、四十歳前に役員になれば、東京開発銀行創業以来の出来事として、社内外の大きな反響を呼び起こすことは必至である。

（私は東大を首席で出た。誰《だれ》にも負けない）

藤堂の傲然《ごうぜん》たる自信の源は、〈東大〉にあった。

彼は、英字新聞を折りたたむと、ゆっくりと立ちあがった。視野の端《はし》に、待っていた人物の姿を捉《とら》えたからだ。

長身に、グレーのダブルの背広が似合っていた。眼光には、ひやりとした鋭さがあり、どこから眺めても、巨大銀行の秘書課長にふさわしい、隙《すき》のない風貌《ふうぼう》だった。

彼は、唇《くちびる》の端におだやかな微笑を浮かべながら、相手が近付いてくるのを待った。

彼の視線の延長線上に、四、五歳の男の子を連れた一人の美しい女がいた。三十を幾つか過ぎていると思われるその女は、待ち受ける藤堂の視線に気付くと、清潔そうな白い歯を見せて笑った。その素振《そぶ》りに、落ち着いた品の良さがある。

「お待ちになって?」

女が言った。よほど急いで来たと見え、豊かな和服の胸元が、少し苦しそうだった。

「僕もちょっと前に、着いたところです」

「どういう訳か、今日は首都高速が大変な混雑で……遅れてごめんなさいね」

「月末ですからね、道路はどこも混み合うんですよ」

藤堂は、そう言いながら、男の子の頭を撫《な》でた。子供は、藤堂になついていると見え、甘えたような表情を見せて、彼の手を握った。

笹原麗子《ささはられいこ》――それが女の名であった。

東京開発銀行のワンマン頭取・岩波大介《いわなみだいすけ》の愛妾《あいしょう》である。そして男の子は、岩波が彼女に生ませた子で、名を真一《しんいち》と言った。

藤堂は、頭取と彼女との馴れ初《なそ》めをいまだに知らない。また、知りたいとも思わなかった。忠実に頭取の特命を遂行すれば、それで責任を果たしたことになるのだ。

秘書課長への昇進辞令を貰《もら》った一年前のその日、藤堂は岩波頭取から思いがけない特命業務を与えられていた。

「藤堂君、君は我が銀行きっての俊才だ。その君に、私にとってこの上もなく大事なことを、頼みたいのだ。私的な話で誠に済まないが、実は私には誰にも知られていない女がいて、その女との間に男の子が出来ている。この事実は、これまで誰にも打ち明けたことのない私の隠れた生活の部分だ。それだけに君の人柄を全面的に信頼して話す訳なんだが、君もそのつもりで身構えて聞いてくれないか。男の子は真一と名付けた。この子が、そろそろ教育的にも大事な年齢にさしかかっている。君への頼みは、この子に対する教育のことなんだ。週に一回か二回、この子に接触して、社会的な広い意味での教育を私に代わって、してやってくれないだろうか。むろん、このことは絶対に人に知られては困る。私は、この子が不憫《ふびん》でならんのだ……」

岩波大介はワンマン頭取ではあったが、財界では人格者で通っていた。その岩波に愛人がいて、日陰の子まで生ませていたとなると、これはもう一大スキャンダルであった。

もし新聞や雑誌の記者が、この事実を嗅《か》ぎ付けたなら、東京開発銀行の致命的なイメージダウンに結び付く記事が、日本国中に流されることは間違いない。それだけに、事実を打ち明けた岩波頭取も、それを受けた藤堂も、真剣だった。

「今日は動物園へ行こう。おじさんが一つ一つ説明してあげるからね」

藤堂が、真一の顔を覗《のぞ》きこんで言うと、彼は黙って頷《うなず》いた。おとなしい無口な子であった。こういった境遇――父親不在――の子にありがちな、暗さがあった。

だから、岩波頭取の不憫がる気持が、藤堂にはよく判った。

不憫だからこそ、思いきって藤堂に打ち明けたに違いないのだ。

(だが、私は出世のために、この馬鹿気《ばかげ》た特命業務を忠実に実行しているに過ぎない。なぜ私が頭取の日陰の子の教育者にならなければいけないのだ……出世だ。最年少重役になるためだ。筆頭取締役に駆け上がるためだ。その野心がなければ、こんな下らんことに付き合ってはおれない)

藤堂は、終始自分にそう言い聞かせて今日までできた。そう言い聞かせることで、ともすれば自己嫌悪に陥《おちい》ろうとする自分を、励ましてきたのだった。

自尊心の強い藤堂にとっては、岩波頭取の私的な特命業務は、確かに苦痛であった。その苦痛を救っているのが、麗子の美しさと真一の素直さだった。馬鹿馬鹿しいと思いながらも、なんとなく冷淡になりきれないのは、そのためだ。

それに、頭取の私的な生活の一部分を握ることは、出世への大きな武器にもなる、という計算があった。

藤堂は、麗子と真一を上野《うえの》動物園へ連れていった。それはいつどこから眺めても、仲睦《なかむつ》まじい親子三人連れに見えた。

真一は、珍しく明るい笑顔を見せて、はしゃいだ。

動物園に来たのが余程うれしいのだろうか。

（頭取も罪な人だ……）

藤堂は、そんな真一を見て、さすがに胸が痛んだ。

動物園を出たのは夕方の薄暗くなってからだった。

三人は第一パレスホテルで食事をした。こういう費用は、すべて岩波頭取から出ることになっている。使い放題だ。

「はしゃぎすぎて疲れたようですこと」

麗子は、真一を愛《いと》おしそうに見て言った。

真一は、好物のハンバーグを口に入れたまま、テーブルに手をついてうつらうつらしていた。藤堂は苦笑すると、立ちあがってフロントへ行った。

「部屋を取ってきました。二、三時間眠らせてあげましょう。子供は眠るほど大きくなると言いますからね」

テーブルに戻ってきた藤堂は、真面目《まじめ》な顔をして言うと、口をモグモグさせて舟を漕いでいる真一を軽軽と抱きあげた。

「いつも午後から二時間は昼寝を致しますのよ。それが真一ったら、今日はもう夢中ですもの……」

麗子は、小さな含み笑いを漏《も》らすと、藤堂に抱きあげられた真一の頰《ほお》を、指先で軽く突いた。

麗子には、昔風の女性に見られる控え目な美しさがあった。彼女は、藤堂と会う時は決まって和服である。

それが麗子の体の線を隠してはいたが、和服に包まれた成熟したその肉体《からだ》は豊かに見えた。

部屋は二間続きだった。藤堂は、真一を寝室のベッドに寝かせると、隣の応接室のソファに麗子と向き合って腰を沈めた。

「藤堂さんを知るようになってから、真一が生き生きとしてきましたわ。本当に有難《ありがと》うございます」

「早いものです。もう一年近くになる。でも正直のところ、頭取から真一君の教育係を頼まれた時は、目を白黒させて、とまどいましたよ」

藤堂は、静かな微笑を見せると、まじまじと麗子を見つめた。その視線を意識して、麗子は体を硬くした。

（美しい人だ。この美しさを、岩波頭取は独占しているのか……）

何故《なぜ》か今日に限って、藤堂には彼女が眩《まぶ》しく見えた。

藤堂は、これまで麗子を特別の目で眺めたことはなかった。

彼女は巨大銀行に君臨するワンマン頭取の愛妾である。藤堂の目には麗子の背後に、いつも岩波頭取の影が見え隠れしていた。

それだけに、特別な色感情で麗子に接する気持の余裕など、湧《わ》きようがなかった。

（このひとが欲しい……）

彼は、ふっと思った。

密室が藤堂の気持を、大胆にし始めていた。

彼は、さり気なく立ちあがると、壁のスイッチに手を伸ばして、電気を消した。

「いけませんわ、藤堂さん……」

囁くようにして言った麗子が、反射的に立ちあがった。

藤堂は素早く、麗子に近付いた。そして強引に唇を奪った。強引ではあっても、藤堂は震えていた。矢張り岩波頭取は怖かった。岩波頭取の権力が恐ろしかった。

「お願い、やめて下さい。もし岩波に知れたら……」

麗子は抵抗した。激しい抵抗だった。彼女も岩波頭取の性格の怖さを知っていた。

藤堂は、力で麗子を押し倒した。震える手で着物の胸元を荒荒しく広げた。ここまで来たら、もう後《あと》へは引けない。

藤堂は、獣のように喉を鳴らした。

「ひどい……」

麗子は、立ちあがろうと必死で踠《もが》いた。だが男の力を跳《は》ね退《の》けられるはずがなかった。

「僕は悪くない。あなたが悪いのだ。あなたが美し過ぎるのだ。それがいま僕を狂わせているんだ。悪いのは、あなただ」

藤堂は、彼女の白い胸肌に顔を押しつけて、苦し気に喚《わめ》いた。

その喚《わめ》きで麗子は、抵抗をやめた。無謀な相手に抗議するかのように、目は、天井の一点を見つめたままだった。

藤堂は、彼女と一つになった。歓喜はなく、恐怖だけが増幅した。

「ひどい……」

麗子が、呟《つぶや》いた。

2

東京開発銀行の預金量は、都市銀行中四位の位置にある。

その位置を更に上位にしようと、岩波頭取は内閣府の外局である金融庁の全面的な協力を受けて、地銀中位の埼玉相互銀行の吸収合併を大胆に進めていた。

この合併が実現すれば、東京開発銀行の預金量は、一気に第二位に躍り上がる。

だが、伏兵《ふくへい》がいた。埼玉相互銀行労働組合である。

この組合は、もともと銀行労組の中では急先鋒《きゅうせんぽう》で知られていた。執行委員長の山《やま》脇省吾《わきしょうご》は、熱烈なマルクス主義者で知られており、また副委員長の清水三郎《しみずさぶろう》も、学生時代は、武装闘争の覆面指導者であった。

こういった猛者《もさ》を相手に、岩波頭取は〈銀行労組無用論〉を引《ひ》っ提《さ》げて、真正面から対決的に吸収合併を推進し始めたのである。

当然、埼玉相銀労組は、岩波頭取の『力に頼った出方』に憤激した。

だが、岩波は力による吸収合併を改めようとはしなかった。

「東京開発銀行は、いまだに労組無く、極めて円満な労使関係が確立されている。労使が信じ合えるなら、組合など無用。どうしても組合が欲しいという者は、合併後の新銀行には迎え入れられない」

岩波は、力で相手を押《お》し潰《つぶ》すつもりであった。埼玉相銀の経営陣は、すでに岩波の掌中《しょうちゅう》にあり、あとは埼玉相銀労組を、いかに懐柔《かいじゅう》し料理するかの問題だけだった。

「頭取、どうか身辺にお気をつけて下さい。なにしろ相手はかなり過激な思想の持主ですから」

藤堂が心配そうに言っても、ワンマン頭取・岩波大介は全《まった》く動じなかった。

「私のことは心配せんでもいい。それよりも、笹原の家を充分に気をつけてやってくれ。過激な連中のことだ。どうせ私の身辺をさぐって泣き所を探そうと必死になっているに違いない。連中が笹原麗子の存在を知れば、関係のない麗子や幼い真一たちに、どんなイヤがらせをしないとも限らんからな」

「心得ております」

藤堂は、岩波頭取が麗子の話を持ち出すと、さすがに良心が疼《うず》いた。一方的な男の力で彼女の体と一つになって以来、彼女は藤堂と会うことを拒んでいる。

それまでは、週に三回は真一の教育のために会っていたのに、もう一ヵ月近く彼女は藤堂を避けていた。

だが藤堂は、彼女の体が忘れられなかった。シルクのように冷たく滑らかな肌の感触が、藤堂の掌《てのひら》に、いまだ残っていた。

「今日にでも、笹原の家の様子を見て参ります」

ある日、藤堂が言うと、岩波はパイプ煙草《たばこ》をくゆらせながら大きく頷いた。

岩波は、秘書課長・藤堂修平を心底から信頼していた。藤堂が、自分の女である麗子に手を出すなど、夢にも思ったことがない。

岩波は自分のワンマンぶりに自信を持っていた。従業員の誰もが、自分に対して恐怖の念を抱いていることに、独裁者らしい満足感を抱いてきた。

その自己陶酔に思わぬ油断があったのだ。

従業員の誰もが自分に忠誠であるのは、ワンマン支配に反逆する勇気を持たぬ証拠である、と岩波は日頃《ひごろ》から思っている。だから、藤堂を麗子の家庭に近付けることに、何の不安も抱いていなかった。

だが、藤堂は、麗子の美しい肉体《からだ》を我がものとした。それは、岩波頭取の〈ワンマン権力〉に対する、深刻に過ぎる裏切り行為だった。

「なにかデパートでうまい物でも買って持っていってやれ」

岩波は、信頼する藤堂に、そう言った。

麗子の家は、多摩《たま》市桜ヶ丘《さくらがおか》七丁目の高級住宅街区にある。

藤堂が、これまで麗子の家を訪ねたのは、数えるほどしかない。会うのは、たいてい戸外だ。真一の教育のためには、色色な場所を見せてやる必要があったからである。

その日、藤堂は昼過ぎに麗子の家を訪ねた。

「頭取に頼まれて、これを持ってきました」

藤堂は、銀座のデパートで買った松阪《まつさか》肉の包みと花束を彼女に差し出した。

「わざわざ有難うございます。で、ほかに何か御用がありまして？」

彼女は極めて事務的に応じ、藤堂を家にあげようとはしなかった。

藤堂は、玄関先に立たされたまま、麗子の目を見つめた。

自宅での彼女は、いつもの和服ではなくセーター姿であった。柔らかそうな胸が、藤堂の目の前で、ゆっくりと息づいていた。

彼は、つとめて冷静に訊《たず》ねた。

「真一君は？」

「あなたには、もう関係がございません。お帰り下さい」

「ですが……頭取の遣いで来ましたから」

「お帰り下さい」

「申し訳ありません。この前のこと、謝ります」

「真一は近くの公園で、近所のお友達と遊んでいます。藤堂さんのお陰で、あのおとなしい真一が外で遊ぶ楽しさを覚えたようです。その点は感謝しています」

「それは良かった。大いに外で遊ばせるべきです。ところで、他に頭取からの大事なお話があります。少しの間、上がらせて戴けないでしょうか」

「大事な話？……なら、どうぞ」

根が優しい気立ての麗子は、藤堂を家にあげることを、拒み切れなかった。訪ねてきた彼を直ぐに部屋へ通そうとしなかったのは、自分の肉体《からだ》を力で犯した藤堂に対する、彼女らしい抵抗であり反発であり憎悪だった。

二人は、サルビアが咲き乱れる庭に面した座敷で、向き合った。

「いつかは、あなたに悪いことをしてしまった。後悔しています」

「もう、その話は止《よ》して下さい。悪い夢を見せられたと思うことにしていますから」

「あなたは、この一ヵ月間、僕と会うことを拒否された。きっと僕が憎いのでしょうね」

「ええ、憎悪の対象でしかありません。それよりも藤堂さん、大事なお話というのを、先に言って下さい。あなたとのことは、いっさい信用していませんから、早く帰って戴きたいの。判って下さい」

「そうですか……では、大事な話の方を申し上げることにします。東京開発銀行が埼玉相互銀行を吸収しようとしていることはすでに御存知《ごぞんじ》だと思いますが、これに反対する埼玉相銀労組の動きが、かなり険悪になってきています。埼玉相銀労組は、銀行労組にしてはかなり過激でしてね。岩波頭取に焦点を当てて何かとその動静を探っています。あなたの存在に気付くと、連中はどのような動きに出るか判らない。充分に気をつけるようにとの頭取のお言葉です。頭取のご命令で、私は時時、こちらへお訪ねすることになるかも知れませんので、ご承知下さい」

「吸収合併は実現出来そうですの？」

「問題は労組の動きです。結果的には東京開発銀行の計画通りになると思いますよ。計画通りにね……」

「判りました。でも、その問題には私、関心がありません。また、関心を持ちたくもありません。それから、時時この家を訪ねるかも、と仰いましたが用件があらば電話で済ませて下さい」

「し、しかし……」

「何度も言わせないで。いいですね。電話で済ませて下さい」

「そこまで仰るなら……承知しました」

藤堂は口許を歪めて、小さく頷いた。

「それでも僕はあなたが好きだ……本気で好きになってしまった。嘘ではありません」

藤堂は、いささかの演技を加えて言った。

麗子は、それには答えなかった。唇を真一文字に閉じて、沈黙に徹した。

藤堂は喘ぐようにして吐き捨てた。

「あなたを独占する岩波頭取が憎いっ」

藤堂は、岩波の権力の恐ろしさを忘れ、自分の言葉に酔った。絶対に口にしてはならない、言葉であった。

麗子は、岩波頭取によって花を散らされた女である。彼女の肉体《からだ》は、岩波しか知らなかった。その彼女に、三十歳の男が、岩波頭取とは違った荒荒しい味を教えた。老いた岩波と、男盛りの藤堂とでは、麗子の体に与える衝撃の強さが格段に違う。そう、格段に違うのだ。

(私は岩波のもの、岩波を愛しているわ)

麗子は、藤堂を睨み据えながら、ここで理性を失ってはならない、と思った。

(私の体は、岩波のもの……)

麗子は、幾度もそう自分に告げながら、白い喉《のど》をカラカラにさせた。今にも藤堂が獣になるのではないか、と怖かった。

「あなたは、私の女だ……すでに」

藤堂が、思い出したように呟いた。

男の執拗さを知って、麗子は思わずゾッとなった。これが「女を押さえ込んだ……」と勘違いしている男の獣としての一面なのか、と背すじに悪寒《おかん》を覚えた。彼女は、相手の喉にナイフを繰り出した自分の姿を想像して、落ち着かねばと焦った。

「二人のことが岩波に知れたら、藤堂さんは銀行におれなくなるでしょうね……それよりも殺されるかも」

麗子は、思い切って言ってみた。

「あなたの口さえ堅ければ、頭取に知れるはずがない。それとも、喋《しゃべ》るつもりですか。どうなのです」

「喋れば藤堂さんのビジネスマンとしての生命は確実に終わってしまいますね。私は岩波を尊敬し愛しています。さらに、あなたの人生がどうなるかの鍵《キイ》は今や私が握っています」

「ほう。僕を脅すのですか。僕は野心家です。正直言って出世したい。だから多少のことでは負けないし引かない」

「男の世界などは、人格が無くとも実力次第で、出世できます。けれどその実力が黒く染まれば一巻の終わりです」

「私には人格が無い、と言いたそうだな」

「そうかも知れません。私は岩波を本気で動かすことが出来ます……だから本気であなたを地獄へ送れます」

藤堂が漸く、不安そうな目の色を見せた。

3

真一が行方不明になったのは、それから五日後のことだった。

麗子からの連絡が入ったとき、岩波頭取と藤堂の二人は、頭取室で埼玉相銀労組に対する策略を打ち合わせしているところだった。

「……そういう訳で、埼玉相銀労組の山脇委員長と清水副委員長の行動を徹底的に調べあげてくれ。彼らにも、どこかに必ず弱みがあるはずだ。それを摑めば、連中の崩壊も早い。調査費用は幾ら使っても構わん」

「承知しました。他に知れると、まずいので、誰彼に依頼せず、私が直接調べることで宜しいでしょうか」

「うむ、それがいい。君なら出来る。……ところで、話は変わるが、真一が随分と変わってきたそうだね。内向的な暗い性格だったが、最近は行動的になってきたと、麗子が喜んでいた。君のお陰かな。有難いと思っている」

「真一君は素直ないい子です。頭の回転も早いし、じっくり教育すれば伸びる子ですよ」

「そうか。伸びるかね」

岩波が満足そうな微笑を浮かべた時、机の上の外線直通電話が、けたたましく鳴った。

それが、麗子からの緊急電話だった。

二人が、慌てて多摩市の麗子の家へ駆けつけてみると、彼女は蒼白《そうはく》な顔で、応接室のソファに体を横たえていた。

「行方不明とはどういうことだ。詳しく話してみなさい」

岩波が、麗子の体を抱き起こすようにして訊ねた。

「真一の幼稚園は、今日は創立記念日で休みですので、近所の公園で遊ぶんだといって、午前十時頃に家を出ていきました。十一時頃、私が公園へ様子を見に行ったら、幼稚園仲間と幾人かで集まって仲良く遊んでいました。それを見て、私は安心して、家へ戻って来たんですの」

「それで、昼食時にはどうなんだ。真一は戻ってきたのか」

「いいえ、正午を過ぎても戻らないので、私は遊びに夢中になっているに違いない、と思ったんです。このところ昼食抜きで、元気に遊ぶことが多いものですから、てっきり、いつもの調子だと……。お友達のいなかった真一に、やっと複数の遊び仲間が出来たものですから、私は、なるべく遊びの邪魔をしないよう気をつけています。それで二時過ぎに菓子パンと牛乳を持って、公園へ行ってみたんです。すると、公園には、もう誰もいなくなっていました」

「遊び仲間の家にも行っていないのか」

「行っていません。それどころか、見知らぬオジチャンと手をつないでどこかへ行った、と証言する子が二人もいて……それで、すっかり気が動転して、あなたにお電話を入れました」

「うむ……で警察への連絡は？」

「しておりません。あなたの立場のこともありますし」

「たしかに私とお前のことが公に知れるのはマズイ。しかし真一の行方を一刻も早く摑むことの方が大切だ」

岩波は、沈痛な表情を、藤堂に向けた。

「真一君を連れ去ったという男の人相風体《にんそうふうてい》は、はっきりしているのですか」

藤堂は、麗子の顔を覗きこむようにして訊ねた。麗子は、大きな溜息《ためいき》をついて、首を横に振った。張りつめた豊かな乳房が、微かに揺れる。

藤堂の脳裏《のうり》に五日前の麗子の体が甦《よみがえ》って、彼の唇が怯えたように歪んだ。

「目撃した二人の子供の証言が、全く違いますの。一人の子は背が高いと言うし、もう一人の子は背が低いと言っています。服装の色も、まるっきり違いますから、どちらが正確なのか見当もつきません」

「そいつぁ困りましたね……」

藤堂は、わざとらしく腕組をして、考え込んだ。

「藤堂君、ひとつ君に頼みがある」

岩波が、目を光らせて言った。

「おっしゃって下さい。頭取のご命令なら、どんなことでも……」

「よく言ってくれた。実は、頼みというのは麗子のことなんだ」

「………」

一瞬、藤堂の表情は硬くなっていた。

「真一を連れ去った男は、必ず、何かの形で連絡してくるに違いない。ギリギリの限界まで私たち内輪の力で解決したい。だが、最悪の場合は警察力による公開捜査もやむを得ない。その場合、君が表に立ってほしいのだ。つまり、藤堂修平ではなく、笹原修平になって貰いたいのだ」

「えっ、どういうことですか？……」

「笹原麗子の夫になってほしい、ということだ。私は、いっさい表には出ない。その代わり、この一件が片付いたら、東京開発銀行頭取として、私の権限の及ぶ限り、君の将来を約束する」

「判りました。頭取のおっしゃるように、笹原姓になりきってみましょう」

「申し訳ない。ひとつ頼む」

岩波は、藤堂の肩を叩《たた》くと、溜息を吐《つ》いて目を閉じた。

麗子は、縋《すが》り付くような目で、藤堂を見た。老いた岩波よりも、若い藤堂の力の方が頼りになると思った。

と、応接室の電話が鳴った。

素早く腕を伸ばして受話器を取ったのは、岩波だった。

「笹原です」

岩波の緊張した声が、かすかに震えていた。

「君は何の目的で幼い子供を拉致《らち》したんだっ」

岩波の声に、怒気《どき》が漲《みなぎ》った。電話の相手は犯人だった。藤堂も麗子も、耳をすまして、受話器から漏れる犯人の声を聞こうとした。

4

電話が切れると、応接室に一瞬の静寂が漂《ただよ》った。

「判らん。私には、どうも判らん」

岩波が、苦悩の表情を見せて、呟いた。

「あなた、相手は何を要求してきましたの」

麗子の顔色はなかった。

「三千万円だ。むろんカネのことは心配いらない。気になるのは、相手が私とお前の関係を詳しく知っていることだ。つまり、私の弱みを握っている訳だ」

「えっ、私たち二人のことを?……」

「藤堂君、これは、ひょっとして埼玉相銀労組の仕業《しわざ》ではないかね。懸念《けねん》していたようにに、彼らは私の身辺を洗ったに違いない。電話口に出た私に、いきなり、岩波頭取ですね、と言うんだ。相手は、私が此処《ここ》に来ていることを知っている」

「まあ……」

青ざめた麗子の顔に、怯えが走った。

「相手の要求は、三千万円のカネだけですか」

藤堂が、落ち着いた声で、岩波に訊ねた。

「いや、頭取の地位を自分から引退しろと言うんだ」

「えっ、頭取の地位を……で、埼玉相銀の吸収合併の件は？」

「それに関しては、相手は一言も言わなかった。言えば自分の正体が埼玉相銀関係者だとバレるからね。藤堂君、ここはいよいよ君の出番だ。三千万のカネは直《ただ》ちに私が都合《つごう》をつける。君はそれを持って指定の場所へ行って、真一を連れ戻してくれ」

「心得ました」

藤堂は頷くと、額《ひたい》から滲《にじ》み出る汗を、手の甲で拭《ぬぐ》った。

「出方によっては、君の身に危険が及ぶこともありうる。充分に注意してくれよ」

岩波が、心配そうに言った。

三千万円のカネが用意出来たのは、夜が更《ふ》けてからだった。

「相手の指定時間は、明朝五時だ。藤堂君も、それまではゆっくり休みたまえ」

岩波は、そう言うと、心配そうな麗子を連れて二階の寝室へ消えていった。

(彼女の体は、このように一大事な時でも、あの年寄《じじい》の手によって弄ばれるのか)

階下の座敷に一人残された藤堂は、ちょっとした二階の物音にも神経をとがらせながら、どうしようもない焦燥感《しょうそうかん》に陥った。

無理にでも眠ろうと目を閉じると、余計に頭が冴《さ》えて二階の様子が気になった。

藤堂は、とうとう足音を忍ばせて階段の下に立った。

（聞こえる！）

藤堂は、悔し気に下唇を噛みしめた。

岩波の愛撫に応《こた》えているかのような麗子の呻きが、微かに聞こえてくる。

（女というのは、誰の手によっても恍惚《こうこつ》状態に陥れるのか……）

藤堂は、撫然《ぶぜん》とした表情で、暗い二階を見上げた。

（真一君が大変な目にあっているというのに……馬鹿男と馬鹿女めが）

藤堂は、しらけた気分になって座敷へ戻った。人間という醜悪な動物の、欲望の際限のなさを、まざまざと見せつけられたような気がして、藤堂は不快になった。自分がどれくらい獣のようであったか、忘れていた。

午前四時に、岩波と麗子が二階から降りてきた時、藤堂はすでに身支度《みじたく》を整えて、応接室のソファに、長身を沈めていた。

「お眠りになれましたか？」

麗子が、コーヒーを淹《い》れながら事務的な調子で言った。岩波の体の上で豊かな肉体《からだ》を悶えさせていた女は、元の上品な姿を取り戻していた。ただ、真一のことを思って、顔色は蒼《あお》い。

「ええ、まあ……」

言葉短く応じた藤堂は、冷たい目で麗子を一瞥《いちべつ》した。

(あなたは、私の女だ!)

彼は、そう叫びたいところであった。

本心は、岩波頭取を殺してでも、彼女を独占したかった。

「いよいよ時間だ。くれぐれも慎重に頼むぞ藤堂君」

藤堂の心の内に気付いていない岩波は、信頼の目で秘書課長を見つめた。

藤堂は、三千万円の現金が入った旅行カバンを、麗子の自家用車の後部トランクにつみこむと、犯人が指定した多摩川《たまがわ》の河原《かわら》を目ざした。

ハンドルを握る彼の表情は、青ざめてはいたが、気持は落ち着いていた。

(オレは必ず最年少重役になってみせる。必ず……)

そのためにも、麗子の心と体の全てを、完全に自分一人のものとすることが必要だ、と彼は思った。女を踏み台にして出世することに、躊躇《ちゅうちょ》も引け目もなかった。

勝てば官軍、という考えだった。

（あの女は、もう私を拒めない。絶対に拒めない。今に私なしでは生きていけないようにしてやる）

藤堂の体の内側で、ギラギラした野望が燃えあがっていた。

（オレはすでに頭取の私生活の弱みを握っている。この上、麗子の積極的な支援があれば、四十歳前の役員昇進は間違いなしだ）

藤堂の口元に、冷笑が浮かんだ。

5

午前五時——。

晩秋の多摩川の河原は、まだ薄暗かった。

藤堂は、土手の上に車を止めて降りると、三千万円が入った旅行カバンを左手に、躊躇《ためら》う様子もなく、河原へと降りていった。

私鉄の鉄橋下に、小柄なチンピラ風の男が一人立っている。

藤堂はその男に近付くや、いきなり右拳で顔面を殴《なぐ》りつけた。

不意を打たれて、男が葦《あし》の中にひっくり返る。

「なにをしやがる」

男は立ちあがって、凄まじい形相をした。

鼻血が、男の口のまわりを、たちまち赤く染めた。

「なにをしやがる、だと……それは、こちらの言う台詞《せりふ》だ。どうして必要以外のことを電話でべらべら喋ったんだ」

「いいカモだと思ったからよ」

「お前は、オレに買われた男だ。オレの命令通りに動くと約束したはずだ」

「確かにオレは、お前にカネで買われたチンピラだ。だがよ、オレはカモだと思ったら絶対に離さない主義なんでね。たかが三千万円ぐらい、大銀行の頭取なら、わけねえだろう」

「お前の約束違反のために、オレの計画は滅茶苦茶《めちゃくちゃ》になった」

「約束違反？……これだからインテリは駄目《だめ》なんだよな。世の中、そんなに甘くねえんだよ」

「オレの企《くわだ》てたストーリーは完全だった。お前が一時的に子供を拉致する。そして、それをオレが救い出す。この幼稚で単純なゲームを完璧《かんぺき》にやりこなすことで、オレは頭取の評価を獲得することが出来たんだ。永久的と言ってもいい評価をな。オレは、そのために百万という大金を、お前に投資したんだぞ。それを、ぶち壊しやがって」

「お前さんの評価が高まることなんぞ、オレには関心ないね。あんたのストーリーの中には、三千万円の強奪《ごうだつ》計画はなかった。インテリらしい、実におとなしい計画だった。くそ面白《おもしろ》くもねえ計画だったよ。だから、オレがストーリーを面白く書き変えたんだ。三千万を持ってこいとな。おい、その旅行カバンの中に三千万円、持って来たんだろうな」

「それよりも真一君はどこにいる」

「無事だ。少し離れた草叢《くさむら》の中で、よく眠っているよ。安心しな。傷一つ付けちゃあいねえ。それよりも、早く三千万円を出しなよ。七分三分で分けようぜ。むろん発案者のオレが七分……」

「ふざけるな。カネは渡さんぞ」

「素直に出した方がいいと思うがね」

「お前の喋り過ぎで、この事件の不自然さを、危うく頭取に感付かれるところだった。お前とは、この場で別れる。オレは真一君を連れて帰る……」

「三千万円のカネを持って帰るのか？　そんなことをしたら余計に不自然さを感付か

れるぜ。身の代金も手渡さずに、子供を取り戻せるなんてことが、映画やテレビドラマのように、うまくいく訳がねえだろう。この事件にインテリさんが一枚加わっているということがバレないためにも、カネは置いていった方がいい。その方が自然なんだ」

「ふん、虫のいいことを言うな。仕方がないのでカネはオレが当分の間、預かっておく」

「へっ、一人占めって訳か、そうはいかないね」

男はキラリと光るものを右手に持った。

「お前……」

藤堂は、二、三歩後退し、旅行カバンを足許に置いて身構えた。彼は高校・大学とボクシングをやっていた。決して強くはなかったが、それでも凶器を持って迫ってくる目の前の小柄なチンピラを、怖いとは思わなかった。

「インテリってのは汚い人間だねえ。自分の野望のためなら、オレのようなチンピラよりも恐ろしいことを企てやがるんだから」

男は、血のまじった唾《つば》を吐き捨て、藤堂に躙《にじ》り寄った。

「醜い仲間割れは、それくらいでいい」

不意に、近くの葦の中で声がした。藤堂と男は、ギョッとして声のした方に顔を向けた。

「あっ、……」

藤堂は、甲高《かんだか》く叫んだ。その顔が見る見る硬張《こわば》っていく。

岩波が、少し離れた所に、拳《こぶし》を握りしめ、仁王立ちの姿勢で立っていた。

岩波の背後には、真一をしっかりと抱いた麗子が、蔑《さげす》みの目で藤堂を睨《にら》みつけている。

「頭取、わ、私は……」

藤堂の声は、絶望に打ちのめされて、わなわなと震えた。

「藤堂君、君の処分は、あとでゆっくりと考える。この場での釈明は必要ない」

岩波はそう言うと、ナイフを構えて啞然《あぜん》としている〈誘拐犯《ゆうかいはん》〉に、ゆっくりと近付いた。

「君が誘拐犯か……さて、この場をどのように片付けようかね。君は藤堂君から聞かされて私の弱みを知っているようだが、それを武器にして、私をユスルかね。それとも静かに立ち去るか、君の好きな方を選びたまえ。ただし、君の出方次第では警察が動き出すことを承知しておくことだ。私は自分の弱みが世間に広がることなど、少しも気にしとらんよ」

岩波は男の顔を、まっすぐに見つめながら、不敵な笑いを浮かべた。そこには巨大銀行の頭取として演技する、瀬戸際の貫禄《かんろく》があった。

「ちっ」

男は、軽く舌打ちすると、呆然《ぼうぜん》と立《た》ち竦《すく》んでいる藤堂にニタリと笑いかけて、葦原の中に走り去った。

「この愚か者めが、なにを血迷った」

男の姿が消え去ると、岩波は藤堂の頬を平手で力一杯打った。

「あなたを信頼しておりましたのに」

麗子が言った。その目に、涙が浮かんでいた。藤堂の裏切りを本気で怒る涙であった。

「心から軽蔑《けいべつ》しますわ、卑劣《ひれつ》なあなたを……」

そう言う麗子の胸の中で、真一が安らかな寝息をたてている。

「私は……出世したかった。誰よりも早く……出世したかった」

藤堂は、ガックリと膝《ひざ》を折った。

「出世は策を用いて手にするものじゃあない。実力だよ。仕事の実力だけが、ものを言うんだ。君には、その実力があった。策を用いずとも、そう遠くない将来には、異例の出世をする可能性があったんだ。その可能性を、君は自分自身の手で打ち砕いた。君は自分の野心と焦《あせ》りに負けたんだ」

岩波が、そう言った時、不意に辺りに閃光《せんこう》がひらめいた。

岩波が、ハッとして周囲を見まわすと、思いがけない程の近くに、二人の人影があった。

「誰だっ、君たちは」

岩波が叫ぶと、二人の人影は、葦を踏み倒して近付いてきた。

一人は、フラッシュを付けたカメラを肩から下げていた。

「あっ、君たちは……」

「驚かれましたか。埼玉相銀労組の山脇省吾と清水三郎ですよ。頭取の行動を徹底的にマークしていたお陰で、大変な特ダネを手に入れました」

「卑怯な。君たちは私をつけまわしていたのか」

「むろんです。頭取は私たちとの正式会談をなかなか承知なさらない。それどころか、私たちの組織を潰そうと企《たくら》んでいらっしゃる。私たちは埼玉相銀従業員の運命を背負って行動しているんですからね」

「わかった。場所を変えて君たちの話を聞こう」

「この人が頭取の女性ですね。きれいな人だ。本当に美しい。頭取が夢中になるのも無理ありませんね」

「君たちは、私の私生活の秘密を、どのように扱うつもりなんだ」

「それは頭取の出方次第ですよ。正直言って、私たちは頭取の私生活になど興味はありません。東京開発銀行に吸収される埼玉相銀の運命がどうなるのか、具体的に腹の内を聞かせて頂きたい。関心があるのは、それだけです」

「いいだろう。その代わり、いま写した写真のフィルムを返してくれ」

「すべてが落ち着いてからですよ。とにかく、私たちは岩波頭取という経営者を信じてはいないのですから」

いつの間にか、空には朝の明りが広がり始めていた。

岩波は、何事かを考えるように、厳しい表情で空を仰いだ。

東の空が、真っ赤に焼けている。

岩波は、パイプ煙草に火をつけると、黙って歩き出した。その後ろに、真一を抱いた麗子と、二人の男が従った。

誰もいなくなった河原に、藤堂一人が残された。

（まけた……私は自分の野望との闘いにまけた）

藤堂は、よろよろと立ちあがった。その頰に、無念の涙が一筋伝った。

6

秋が去って、冬の足音がはっきりと訪れたある日、東京開発銀行と埼玉相互銀行が合併して都市銀行第二位の巨大銀行が誕生した。

この合併は、大が小をのみ込む、完全な吸収合併だった。埼玉相互銀行は、その片《へん》鱗《りん》も残さなかった、と言っていいほどの吸収合併だった。

そして、新生・東京開発銀行が発表した人事の中には、二つの特筆すべき現象があった。

その一つは、もと埼玉相銀労組の執行委員長・山脇省吾が秘書課長として迎えられたこと、もう一つは副委員長・清水三郎の総務部長就任だった。

〈岩波頭取の妙手《みょうしゅ》、平和的合併の実現！〉

新聞は、こぞって岩波のこの新人事を評価した。

その新聞記事に目を通しながら、この日、平《ひら》庶務課員の身分で自発的に退職した藤堂修平は、第一パレスホテルの一室で、激変を迎えた己れの人生を嚙みしめていた。打ちのめされて混乱した精神状態を鎮めるため、四、五日このホテルで心身を休めるつもりだった。

(あのタヌキ親父《おやじ》め、自分の地位保全のために山脇と清水を側近に配置しやがった。なにが平和的合併だ)

藤堂は、すべてを失った自分の愚かさを嚙みしめた。何もかもが、悲しく悔しかった。

山脇と清水の管理職就任で、旧埼玉相銀労組は跡形も無く消えてしまった。むろん、表向きは、自発的解散だった。

(岩波頭取の巨大な権力だけが生き残った。そして私は敗残兵だ。すべてを無くした敗残兵だ)

藤堂は、新聞を丸めると、床に叩きつけた。橋の下でブルーシートの小屋を張る事になるかも知れない惨《みじ》めな自分の姿が、ふっと脳裏を過《よ》ぎった。

真夜中の重役

1

スポットライトの中で、一組の男女が静止していた。

二人とも長身である。

とくに女の方は見事な体をしていた。大きく開いたドレスの胸元で、張りつめた豊かな胸が、妖《あや》し気《げ》に息づいている。

この二人に、いま三百人の熱い視線が注《そそ》がれていた。

毎年、新年早早に行なわれる〈関東百貨店協会主催・舞踏《ぶとう》選手権大会〉の最終段階が、これから始まろうとしているのである。

男の名は倉橋正二郎《くらはししようじろう》。わが国最大のデパートである大阪屋百貨店の常務取締役人事本部長であり、四十五歳の若さでこの地位にまで登りつめた実力重役であった。

「落ち着いて……」

「ええ」

女は、頷《うなず》くと白い歯をチラリと見せて微笑《ほほえ》んだ。

突然、叩《たた》きつけるようなルンバのリズムが薄暗い大ホールに流れ始めた。

二人の体が、一瞬弾《はじ》けたように離れる。

女の純白のドレスが、バラの花の美しさで舞った。

その花を追って、倉橋の長い脚《あし》が、華麗《かれい》な動きを見せた。

二人が、今日のために考え出した、独特のステップである。

壁際のソファに腰をおろしている観客や選手団は、固唾《かたず》をのんで二人を見守った。

女が激しく回転した。

豊かな乳房が揺れ、噴き出す汗がライトの中で煌《きらめ》く。

今度は倉橋が逃げた。

女の、しなやかな脚が絡《から》みつくように、それを追う。

黒バラと白バラの、あざやかなコスチューム・プレーである。まるで二人の動きに合わせて、リズムの方が酔っている感すらあった。

音と光が交差し、人人の熱気が、その中で火花を散らしていた。

それは、目の前で展開する、流麗《りゆうれい》なプレーに対する感動だった。

二人は、広いホール狭しとばかりに踊った。

倉橋は、精悍《せいかん》なマスクを厳しくひきしめ、女は、それとは対照的に魅惑的《みわくてき》な余裕ある笑みを終始浮かべている。

その違いが、二人の舞踏を、いっそう際立ったものにしていた。

圧巻《あつかん》は、やはり独特のステップにあった。

音もなく、二人は床をすべる。

男と女の脚は、触れ合い、弾け合い、そしてタタンッと床を蹴《け》った。

そのダイナミックな凄《すさ》まじい動きに、人人は我を忘れた。

「きれいだ——」

選手の誰《だれ》かが呟《つぶや》いた。

三十分ほど経過したとき、リズムがやみ、ホールが不意に明るくなって嵐《あらし》のような拍手が二人を包んだ。

玉のような汗が、二人の頰《ほお》を伝う。

倉橋は肩で息をし、女は苦し気に胸を波打たせ、しかし精一杯の笑顔を周囲にふりまいた。

この女——。

大阪屋百貨店管理本部広報室長・藤野咲子《ふじのさきこ》である。

そして、その名は、辣腕《らつわん》才女として、百貨店業界に大きく知れわたっていた。

女子社員教育や、婦人の社会進出に関して幾冊もの本を書き、次期重役の噂《うわさ》にすらあがっていた。

倉橋とは同年であったが、若い頃《ころ》からテニスを続けているせいもあって、その豊かな妖しい肉体《からだ》はひきしまっていた。

「大成功だ……」

倉橋は、そう呟いて藤野咲子の肩を軽くたたいた。

熱狂的な拍手が、やむことなく続く。

二人とも、両足の筋肉が、まだ心地良くひきつっていた。

そんな二人を、頭上の大シャンデリアが、まぶしく照らした。

選手控え室に戻ると、咲子は、さすがに気がゆるんでソファに体を投げ出した。

「僕も疲れた、年のせいかな」

倉橋が、ハンカチで顔を拭《ぬぐ》いながら言った。

「とてもお上手ですわ。やはり学生選手権をとられただけのことはありますのね」

「なあに、もう二十年以上も昔のことだ」

倉橋は、東大法学部に在学中、ダンス部に籍を置いて、卒業間際《まぎわ》に学生選手権を手にしていた。

その経験が、この大会で見事に発揮されたのだ。

「初出場で、あれだけの拍手を貰《もら》えれば、ひょっとすると優勝かもしれませんわね。発表は一週間後ですけれど……」

咲子は、そう言って、切れ長な目を倉橋常務に向けた。倉橋を、大会出場に誘ったのは咲子の方である。

彼女は、自分が次期重役の噂にのぼっていることを、早くから意識していた。もう二年越しの噂だった。

もし、彼女が重役に登用されれば、それは保守的閉鎖的なこの業界では、画期的なことと言えた。初の女性重役の出現で、新聞雑誌が大騒ぎすることは目に見えている。

（私は家庭を犠牲にして、やっとここまで登りつめた……なんとしても重役の椅子《いす》が欲しい）

それが、咲子の正直な気持であった。いや、気持と言うよりは、野望と表現した方が適切かもしれない。

それほど、彼女の、重役の椅子に対する〈夢〉は、執念に満《み》ち溢《あふ》れていた。

だが、重役への階段は甘くはない。特に閉鎖的なこの業界で、女性重役になることは、至難《しなん》の業《わざ》、と言ってもよいほどである。

男でも、よほどに強力な『支援の人脈』を有していないと、役員には就《つ》き難《にく》い業界だった。

彼女が、広報室長のポストに就《つ》けただけでも、異例である。

その異例を、咲子は更《さら》に乗り越えようとしていた。人事に大きな影響力を持っている倉橋へダンスを武器にしての接近は、そのための布石《ふせき》であった。

「優勝者への賞は何だったたね」

「ハワイへの招待です。ペアで……」

「そうか、じゃあ、もし優勝したら、僕の分を君のご主人にプレゼントしよう。夫婦で仲良く行ってきたまえ」

倉橋は、そう言うと、着替えの背広《スーツ》を持って選手控え室から出ていった。

彼は、咲子から舞踏大会出場を誘われたとき、べつに不審感を抱かなかった。

関東百貨店協会主催の舞踏大会は、今では極めて権威あるものとなっており、フランス、イギリス、スペイン、アメリカなどの諸外国からも、一流のダンサーがゲストとして招かれている。

倉橋は、広報戦略の一環として、咲子が、この舞踏大会出場を企画したに相違ない、と単純に考えていた。

確かにこの舞踏大会の上位入賞者やその選手の所属デパートは、例年マスコミの注目を浴び、百貨店業界の新年行事として新聞や雑誌に写真入りで、はなやかに報道される。

それは、上位入賞を果たした選手個人の名誉というよりは、その選手の所属するデパートの栄誉といった方がよいのであった。

この権威ある舞踏大会の性格が、いつの間にか、そういう企業間競争の舞台になってしまっていたのだ。そしてその風潮は、ライバル意識をむき出す、デパートの性格を如実《にょじつ》に物語っているとも言えた。

倉橋は、咲子の下心に気付かず、辣腕才女の企画した〈仕事〉の一つとして、気軽に大会出場を承諾した。

咲子とは、日頃からそれほど特別に親しい間柄ではない。男として、咲子の持つ妖しい美しさに引かれるものはあったが、それは倉橋に限らず、社内の男性の多くが、折りに触れてそっと口にする感情だった。

咲子は、広報室長という仕事柄、報道関係者との接触が多い。したがって自分の会社の重役の人間的特徴や趣味を正確に把握しておく必要があった。倉橋のプロフィールは、わざわざ調べるまでもなく、既《すで》に咲子の手帳に、びっしりと書き込まれている。

彼が、東大在学中、ダンスの本格派選手であったことも——。

(倉橋常務の心を摑《つか》みきることが、女性重役実現への足がかりになる……)

女盛りの咲子の野心は、その一点に絞りこまれていた。どんなことがあっても、倉橋の心の内側に踏み込んでみせる、という炎《ひ》のような熱い血の流れが、彼女の体の中でいま音を立てていた。

(百貨店業界初の女性重役……これ以外に私の人生における花道はないわ)

取締役広報室長の辞令を貰った時のことを想像するだけで、咲子の体は疼《うず》いた。

彼女の夫、藤野礼介《れいすけ》は、体育大学の非常勤講師をつとめている。

熱烈な恋愛結婚をした二人の間には、大学一年の一人娘、由美《ゆみ》がいたが、咲子は妻として母として、家庭に踏みとどまったことは一度もなかった。

女子大を卒業して大阪屋百貨店に入ってからは、仕事に情熱を注ぎ続けてきている。とにかく仕事が面白かった。家庭よりも面白かった。心身が充実した。

愛する夫や娘に対して、すまない、という気持は内心ある。しかし、その気持以上に〈女としての自分の人生に何か大きな足跡を残したい〉という野心が、若い頃から彼女の生き方を強く支配していた。既に亡くなった彼女の母親も祖母も仕事を持っていて、生き生きとしていた。

「やあ、素晴らしかったよ。上位入賞、間違いなしだね」

彼女が鏡を見ながら顔の化粧を落としたとき、選手控え室のドアがあいて、夫の礼介が顔を覗《のぞ》かせた。咲子は反射的に『現実』へ引き戻された。

「あら、あなた、いらしてたの」

「あたりまえじゃないか。最愛の妻が満場の観衆の中で舞うんだ。大学の講義になど行っていられるか」

礼介は、そう言って明るく笑った。

藤野家の家計は、咲子の収入によって支えられている。

非常勤講師にすぎない礼介の収入は、とるに足らぬものだった。

だが、礼介には、無力なおのれを悲しむ暗さなどはなかった。

咲子は、そんな無力な夫を誹謗《ひぼう》したことはない。二人は、まぎれもなく愛し合っていた。

「いけないわ、ご自分の仕事は大切にしなくちゃあ」

咲子は、大きな化粧鏡の前から立ちあがり、夫の傍《そば》へ近づいていった。

「今日の君は、本当にきれいだ」

礼介は、妻の豊かな胸元にチラリと視線を走らせ、眩《まぶ》しそうな目つきをした。

「今からでも大学に行かれたら？」

「いや、今日は君と久しぶりに外で食事を共にしたいと思ってね」

「駄目《だめ》よ、私には、まだ仕事が残っているわ」

「仕事？……これからかい」

「私の今日の相手は、常務取締役人事本部長の倉橋さんだということは、ご存知《ぞんじ》でしょう。直属上司ではないけれども社内の実力者よ。夕食のご案内もしないで、この場で別れるなんて非礼だと思うの」

「君が、重役に御馳走《ごちそう》するのか」

「どちらが食事代を持つかは関係ないわ。さらりと断わられるかも知れないけど、一応の作法として上に立つ人にきちんと夕食の場を設定するのが、今日のような場合の礼儀なのよ」

「なるほど、そうか。わかった。会社勤めって大変だからな……余り疲れるなよ」

礼介は機嫌よく頷くと、煙草《たばこ》に火をつけて妻の顔をまじまじと眺めた。

「それにしても今日の君は、本当にきれいだ」

「ありがとう、あなた……じゃあね」

咲子は、礼介の横をすり抜けると、選手控え室から出ていった。

礼介は、そんな妻の後ろ姿を目で追いながら、ふっと、今までにない冷ややかな気配を、彼女の背に感じていた。

（大阪屋百貨店広報室長か……お前は私の誇りだ……自滅しないでくれよ）

妻に対し常に寛容な礼介は、踵《きびす》を返すと、ゆっくりと部屋から出ていった。

2

その日から一週間後。

舞踏大会三位の入賞が決まった。そして、その夜、倉橋正二郎と藤野咲子は、『新宿プラザホテル』の地下一階にある中華料理店〈東園《とうえん》〉で向き合っていた。

「残念だったね、やはり年のせいで僕の体の線でも崩れていたのかな」

倉橋は、紹興酒《シャーオシンチュ》を舐《な》めながら、笑った。

「年のせい、と言えば私だって同じですわ。でも、かえって三位あたりで良かったような気も致します。優勝などしていたら、むしろ気恥ずかしくって……」

「それも、そうだ」

大会出場を誘ったのは咲子であったが、今夜の食事は倉橋の方から声をかけたのであった。

(わが社のクレオパトラと踊ったなんて男冥利《おとこみょうり》につきるじゃあないか。藤野咲子は人材としても有能な女性だ。男子重役陣の中へ入れても決して見劣りはしないが、意思決定や判断基準に、まだ女性特有の甘さと繊細過ぎるところがある。そのために重要なマクロ的問題の追求をともすれば見落としがちだ。人事担当重役として、今後、彼女を意識的に指導してやりたまえ)

倉橋が副社長の加納義弘《かのうよしひろ》に呼ばれて、そう告げられたのは、今朝の役員会が終わってからの事だった。

毎週一回、金曜日に、大阪屋百貨店では午前八時半から加納副社長を中心とした慣例の役員朝食会があり、そのあと社長が入っての定例役員会へと移っていく。中度の課題が、この朝食会の席で討議され決まることもある。

ワンマン社長でもあり二代目オーナーでもある高田善平《たかだぜんぺい》は、八十歳という高齢のせいもあって、朝食会には顔を見せなかったが、娘婿である加納副社長を、絶対的な力で遠隔操縦していた。

「三位入賞の夜に倉橋常務から夕食のご招待を受けるなんて……本当に光栄です」

咲子は、初めて口にした紹興酒に頬を染めながら、素直に喜びを表した。

「久しぶりにダンスを踊って、若若しさを取り戻したことへの心からのお礼だよ。君と踊っている最中にね、学生時代の楽しかったことを色色と思い出していた……朝から晩までダンスに打ち込んでいたなあ。ろくに勉強をしなかったよ」

「よい時代でしたわ。私も女子大時代に夢中になったことと言えば、テニスだけ」

倉橋の話に、巧みに相槌《あいづち》を打ちながら咲子は〈この絶好のチャンスを逃《のが》してはいけない〉と、自分に言い聞かせていた。体当たりで、倉橋という実力者に自分の全人間的なものを理解させる必要がある、という気がしている。

「今朝ね、加納副社長が君のことを褒《ほ》めていた」

「まあ、私をですか……」

「確かに君は仕事の出来る人だ。女性らしい一定の謙虚さを保ちつつ男性の幹部社員と互角に渡り合って勝負をしている。今の君を重役陣に迎え入れても、不自然ではないほどだ」

「過大評価です常務……でも正直申しあげますと、重役になりたいという願望は持っております」

「君ほど仕事の出来る女性なら、重役への野心を抱くのが当然だろうね。おかしくはない」

「でも、重役なんて夢のまた夢です。広報室長のポストを頂いているだけでも、感謝すべきことだと思っています」

「いやに弱気だな。まあ、頑張りたまえ。加納副社長も評価して下さっていることだし、僕も可能なかぎり応援してあげよう」

「ありがとうございます」

咲子は、倉橋に向かって丁寧《ていねい》に頭を下げながら（やったわ）と思った。倉橋への接近第一歩が、思いがけない早さで、〈結果〉を生み始めているように思えるのだ。

「さあ、今夜は飲みたまえ、藤野君」

倉橋は、咲子の盃《さかずき》に紹興酒を注《つ》ぎ、自分もたて続けに何杯かを呷《あお》った。

「こうして、親しく君と接している訳だが、よく考えてみると、僕は君のことを、余りよく知らない」

倉橋は、真面目《まじめ》な顔をして、まっすぐに咲子を見つめた。

「私だって、一人の男性としての倉橋常務のことは、まだよく存じあげておりません。素敵《すてき》な御人であることは充分に承知いたしておりますけれど」

咲子はさり気なく受け答えしながら、倉橋の絡みついてくるような視線に息苦しさを覚え出した。

ふと、夫の礼介の顔が、脳裏《のうり》に過《よ》ぎる。

咲子は、精悍な倉橋のマスクをチラリと見返して（私は夫を愛している）と何故《なぜ》か自分に言い聞かせた。

だが意識的なそれは、かえって彼女自身の気持を波立たせた。

（あなた、ご免なさい、今夜のこれも、仕事の一つなのよ）

咲子は、口に出して、そう言いたいところであった。

これまでにも、仕事で遅くなることは、たびたびあった。

広報室長という仕事柄、報道関係者と食事をしたり、酒をくみ交わすことも、しばしばである。

しかし、広報室長という職責を意識しながら行動しているときは、滅多に夫のことを思い出すことなどなかった。

たとえ異性と酒をくみ交わしていてもである。

それが、今夜に限って、夫の顔が鮮明に脳裏に浮かぶ。

「店をかえて、もう少し飲もう。今夜は実に楽しい」

倉橋が、そう言って立ちあがったとき咲子の感情は、初めて大きなうねりを見せて動揺した。それは、大デパートの広報室長としてではなく、一人の女としての不安な感情の起伏であった。

(でも、このチャンスから逃げてはいけない。倉橋常務と言う人を徹底的に摑みきるまでは……)

咲子は、倉橋のあとに従って、店を出た。

二人は、いつしか時間の経過を忘れていた。

六本木《ろっぽんぎ》にある二軒目のクラブを出たとき、時計の針は既に十一時を過ぎていた。

咲子は、かなり酩酊《めいてい》している自分を、はっきりと感じた。

それを倉橋にさとられまいとして、彼女は背中をまっすぐに伸ばし、ゆっくりと歩いた。

「今日は楽しかったですわ、ありがとうございます常務」

「なあに、僕の方こそ、いい呑《の》み友達が出来て嬉《うれ》しいと思っている」

二人は、酔い肌に心地良い夜気《やき》の中を歩いた。

表通りをそれて、住宅街の細い道へ踏み込むと、たちまち深い静寂が二人を包んだ。

道は、かなり急な下り坂になっている。

「六本木は深夜まで賑《にぎ》わいますね」

「若者と外国人の街だからね。ところが一歩横道へ入ると、こんな静かな暗がりがある。この坂道ね、鼠坂《ねずみざか》って言うんだ」

「あっ、聞いたことがあります」

「君が非常に魅力的だということは、今夜付き合ってみてよく分かった。人材としても素晴らしいが女性としても第一級だ。有能な人間でありながら高慢なところがない。それでいて男性を動かす不思議な力を持っている。マナーも洗練されていて全《まった》く非の打ち所がない。君のご主人が実にうらやましいよ」

「私は平凡な女です。企業社会で男性と四つに組んで勝負する意識などありません。ただ与えられた職務に誠実に全力投球するだけ。社会の中核を構成し支えるのは、やはり男であるべきだ、というのが私の考えなのです。古い考えでしょうか常務。だって女性には、しょせん男性以上の闘争力はないのですもの。これは社会支配の上で絶対的なハンディキャップと思っています」

「闘争力を引き合いに出すなんて、面白《おもしろ》い論法だな……いずれにしろ藤野取締役が早く実現するよう精進《しょうじん》したまえ」

「これからは機会あるごとに、倉橋常務のご指導を頂きたいと思っております」

「いいだろう。僕も、そのつもりだ」

一陣の風が吹き、少し先の街灯の明りの下で、砂埃《すなぼこり》が渦を巻いている。

「藤野君……」

「え？」

薄暗がりの中での、倉橋の動きは自然であった。咲子の両肩に手をかけると、いささかの迷いも見せずに、豊かな彼女の体を引き寄せた。

咲子は、逆らわなかった。倉橋の唇《くちびる》の温かさを感じ、その手が自分の胸に触れても、咲子は身じろがなかった。夫以外の異性に唇を任せたのは、これが初めてだった。

人の善《よ》さそうな夫の顔が、また脳裏をよぎった。

（藤野取締役の実現……）

咲子は、肉体《からだ》の奥で甲高《かんだか》く叫びながら、倉橋のむせかえるような男を感じ、酔った体を震わせた。

3

咲子は、倉橋常務との密会を続けた。

初めて知った夫以外の男の肌は、彼女に強い衝撃を与えていた。背徳の恐怖に怯《おび》えながら、その怯えを懸命に振り捨てた。振り捨てることが、藤野取締役実現の最短距離になるという気がしていた。

（だが私は夫を愛している。どんなことがあっても夫から離れはしない……）

咲子は、倉橋の肌の下で、女の本能のままに悶《もだ》えながら、そう思うことによって背徳の苦痛から少しでも逃《のが》れようとした。生来的に、咲子は悪女になりきれる女ではなかった。

「近頃の室長、何だか瞳がキラキラと輝いておられますね」

部下から、そう言われて、ドキリとしたことも幾度かある咲子だった。仕事をしていても、倉橋の指が全身を這《は》っているような気がした。それは、咲子にとって、苦しみでもあり快楽でもあった。

そんなある日、咲子は副社長室に呼ばれた。

「忙しいかね」

加納は、機嫌のいい笑顔を見せた。

「毎日、充実した仕事をさせて戴いております。ロンドン、パリ、ニューヨークに来春建設予定の大型店に関して、このところ新聞記者が毎日数人は参りましょうか。おかげでルーチンな業務が余り捗《はかど》りません」

「わが社の海外店舗建設計画は、他社に相当の驚きを与えたようだな。まあ、積極的に広報戦略を進めてくれたまえ。ところで……」

加納は、そこで言葉を切ると、煙草に火をつけながら、チラリと上目遣いで咲子を見た。

「まだ内密の話だが、近いうちに高田社長が代表取締役会長になり、私が社長の椅子を預かることになる。その上、経済産業同友会《けいざいさんぎょうどうゆうかい》代表幹事の話も出てきているんだ」

「まあ、それはおめでとうございます。マスコミ界に大変なセンセーションを巻きおこしますわ」

「社長就任の時は、ひとつ新聞雑誌への私の登場手配をよろしく頼む。なにしろ、あのワンマンな義父が、やっと私を社長にする気になったんだからね」

「マスコミ対策、畏《かしこ》まりました。でも社長として新聞雑誌へご登場の際は、前社長の功績を最大限称《たた》えるようになさって下さい」

「うむ、わかっている。調子に乗りすぎて親父《おやじ》の機嫌を損ねるなということだろう。そんなことよりも藤野君、君を呼んだのは組織変更の話をしたかったからだ」

「組織変更？」

「うむ、私が社長になったら、今の秘書室を社長統括室に組織がえするつもりだ。そして、その中に広報部、秘書部、経営企画部のエリート集団を配して、君を管理本部から引き抜き社長統括室長に就《つ》かせたいと考えているのだが」

「えっ、私をですか」

「いやかね」

「滅相《めっそう》もございません。ありがとうございます」

咲子は、頬を紅潮させて、深深と頭を下げた。予期せぬ大出世である。それは重役の椅子へ、一歩も二歩も前進したと言えるものであった。

「各役員の君に対する評価を、昨日の決算役員会で確認した上で、私は、そう決心したんだ。むろん高田社長にも異存はない。義父に私の意向を漏《も》らしたら、ああ、あのクレオパトラならいい、と笑っていた」

「まあ……」

チャンスが到来した、と咲子は思った。足元から、次第に熱気が這いあがってくる。その気持の高ぶりを抑えながら、咲子は、魅惑的な瞳《ひとみ》を、まっすぐに加納へ向けた。

まだ五十の坂を越えたばかりの加納は、額の禿《は》げあがった、見るからに精力的な印象の男であった。

独裁《ワンマン》社長高田善平の存在が大きすぎるため、副社長としての動きはほとんど目立たなかったが、ワンマン高田が放つ政策は、すべて加納の企画によるものといっても過言ではなかった。

その意味では、加納には卓越した経営能力が備わっているとも言えた。

ロンドン、パリ、ニューヨークの大型店舗建設計画も、外語大を卒業し、数ヵ国語をこなす加納の発案によるものだった。

「社長に就任なさいますと、また一段と多忙になります。健康管理にはくれぐれも、お気を配って下さい」

「ありがとう。だが社長統括室長としての君も、僕の健康管理には積極的に気を配ってほしいね」

「それはもう……」

二人は、顔を見合わせて笑った。

「さて藤野君、社長統括室の構想を、具体的に、もう少し君に話しておきたいが、私はこれから海外店舗展開の件で、幾つかの銀行の頭取と会わねばならん。そこで今夜七時、赤坂《あかさか》の料亭・華兆《かちよう》で待っていてくれないか。私は銀行まわりを終えた足で、直接そこへ行くようにする。華兆の場所、知っているね」

「はい、存じております」

咲子は、うやうやしく礼をしてから、副社長室を出た。

(きっと倉橋常務の強い後押しがあったに違いない)

咲子の足は軽かった。人事本部の部屋を覗いてみると、倉橋が山のように積まれた書類に、決裁印を押しているところであった。

(ありがとう、倉橋常務。これで一歩、大きく進めたわ)

咲子は、踵を返し、管理本部広報室へ戻った。

料亭・華兆へ出向くことに不安はなかった。

いや、むしろ、行かねばならない、という気がした。行くことで、確実に自分の人生が変わるような気がする。

(あなた、許して。今夜は、なるべく早く帰るようにします)

倉橋との密会が続き、このところ咲子の帰宅は、毎夜のように十二時近かった。

それでも、夫の礼介は、いやな顔ひとつ見せなかった。

彼は彼なりに、マスコミを相手とする広報室長の仕事のつらさを理解していた。その理解が、藤野家の平和の強い土台となっていた。

「お母様、お父様を余り一人にしておくと浮気されちゃうわよ」

咲子に対して一人娘の由美が、真顔でそう言ったことがあった。

浮気、という言葉を聞くと、咲子の良心は痛んだ。その言葉は耐《た》え難《がた》いほどのつらさで、全身をしめつけてきた。

(私のは浮気じゃあない。私は礼介を愛している。倉橋常務とのことは、私の仕事と私の人生を切《き》り拓《ひら》くための手段にすぎない。そう、手段なのだ)

自身に向かって、そう訴えつつも、咲子は背徳の事実に怯えた。

どのような理由付けをしても、自分の背徳を正当化することは不可能だった。自分の体は、夫以外の男を受け入れてしまっているのだから。

彼女は我が身の汚《け》れ《が》が、よく判っていた。判っていながら、理由付けをせねばならぬ追いつめられた息苦しさの中に、今の彼女は陥っていた。

4

赤坂の料亭・華兆は、もと華族の綾小路寛子《あやのこうじひろこ》が経営する、高級料亭である。

綾小路の背後には、ある政界の大物の存在が噂されていたが、いずれにしろ一般庶民には無縁の、華やかな夜の舞台であった。

三千坪の敷地には鬱蒼《うっそう》と樹木が茂り、その樹木に埋まるようにして、数寄屋《すきや》造りの離れ座敷が幾棟も建てられていた。これらは〈夜の大臣室〉と呼ばれ、政財界でもトップクラスの権力者でないと使わせて貰えない。

敷地の中央あたりに武家屋敷風の母屋が建てられ、〈夜の大臣室〉と母屋との間は、渡り廊下でつながれている。

咲子は、加納から指示された時間より、少し早目に華兆の門をくぐった。

「離れで、加納様が先にお待ちでございます」

案内の仲居《なかい》が、そう言った。

〈夜の大臣室〉では、加納が一人で酒を飲んでいた。

「ただいまお料理をお持ち致します。ごゆっくりなさいませ」

仲居がさがると、一瞬、咲子の胸中に不安が生じた。

「遅くなりました」

「いや、僕が早く来すぎたんだ。銀行まわりが早く終わったんでね。海外店舗展開に必要な資金手当は、どこの銀行もスンナリ了承したよ」

「天下の大阪屋百貨店ですもの。銀行の方が、使ってくれ、と頭を下げるのが当然だと思います」

「はっはっ、強気だね……ま、飲みたまえ」

「このお部屋、噂に高い夜の大臣室と呼ばれている離れ座敷でございましょう」

「そうだよ。大阪屋の広報室長、いや社長統括室長ともなれば、この座敷ぐらいは知っておかねばね」

咲子は、加納の注いだ酒に、軽く口をつけた。

アルコールの熱さが、食道から胃へと伝わっていく。

渡り廊下に足音がして、四、五人の仲居が酒と料理を運んできた。

その仲居たちが去ると、咲子は再び不安に襲われた。

(この不安な気持は、倉橋常務のときにも感じたわ)

咲子は、その不安を打ち消すように、加納が注ぎ足してくれた酒を、ひと息に呷った。

（社長統括室長になれば、重役まで、あと一歩……この機会を逃せば、私の人生はもう二度と拓けない）

咲子は、腕を伸ばし、加納の盃に酒を注いだ。

その白い指先を、加納は無遠慮に眺めた。

「今の時代、このような言い方をするのは非礼なのだが、正直に言わせて貰うと藤野君は本当に若若しいね。体の線など全く崩れていない。古い言葉だが、八頭身美人だ」

「まあ、いやでございますわ副社長……」

「仕事が出来て、しかも美人で人妻とくると、重役たちの評価が悪いはずはないよ」

加納は、そう言って控え目に笑った。

「さて、社長統括室の件だがね、広報部、秘書部、経営企画部の三部長の人選を君に任せたいのだ。つまり、君が動かしやすい有能な人材を新任部長に配したい訳だ。幾人か優秀な人材を人事の協力を得て選び私に申請してくれたまえ。どの部門から引き抜いてもいい」

「はい、判りました。ご配慮感謝いたします」

「現在の秘書室長は更迭《こうてつ》する。あの男は高田社長に必要以上の世辞を使って全く見苦しい。仕事の能力がないものだから、高田社長への世辞でおのれの立場を必死で守っている。私の最も嫌いなタイプだ」

「確かに、仕事の実力のない者ほど、世辞は上手だと申します」

「社長統括室長は、重役の直前の地位であることを君にはっきりと伝えておこう。それを意識して仕事に励みたまえ」

「全力投球いたします」

「ところで、次に倉橋常務の件だがね……」

加納の表情が、不意に厳しくなった。

咲子は、ドキリとして、手にした盃を危《あや》うく落とすところであった。

加納に真正面から見つめられて、自分の表情が見る見るこわ張っていくのが判る。

(副社長が、まさか私と倉橋常務とのことを……)

咲子は、冷静さを取り戻そうと焦《あせ》った。

(あれだけ用心して会っているんだもの。知られているはずがない……)

彼女は、手にした盃の中へ視線を落とした。

緊張の余り、背中がじっとりと汗ばんでくるのが分かる。

「倉橋常務は大阪屋ナンバー3の人材だと私は思っている。彼は優秀だよ。そこでね、彼を一気に副社長へ持っていこうと考えているのだ」

「まあ、副社長へ……」

「うむ、副社長にして人事部門のほかに、社長統括室を管掌《かんしょう》させようと考えている。つまり君の直属上司になる訳だ。どうかね」

「むろん異存ございません。倉橋常務の有能さ、仕事の実力の程は社内の誰もが認めておりますし」

咲子は、内心ほっとして答えた。

「だが、ただ一つ倉橋君にも問題がある」

「問題点？」

「彼の女性関係だ。これは少数の重役しか知らないことだが、彼は自分の秘書と深い関係になってマンションまで買い与えている」

「なんですって……」

咲子は、愕然《がくぜん》となって、加納の顔を見つめた。

青天の霹靂《へきれき》であった。

（ひどい……）

加納の言葉は、倉橋に肌を許した咲子にとって、余りにも残酷であった。

「君も既に知ってのように、倉橋常務の細君は当社のメインバンクである東京開発銀行の山野《やまの》会長の姪《めい》にあたる。仲人《なこうど》は義父がしたんだが、それだけに倉橋君のスキャンダルを表沙汰《おもてざた》には出来ないんだ」

「………」

「倉橋常務が君の上席重役になったら、彼のそういった私生活面を、しっかり者の君がコントロールしてやってほしいのだ。これが表沙汰になれば大阪屋百貨店のメンツにかかわる。ひとつ引き受けてくれんか」

「承知しました」

咲子は頷いた。膝《ひざ》の上に置いた手が、小刻みに、ぶるぶる震えていた。

彼女は、自分の肉体《からだ》の内側に、倉橋に対する激しい怒りが噴きあがってくるのを抑えきれなかった。

いや、それは怒りというよりも、明らかに〈嫉妬《しっと》〉であった。

彼女は、倉橋常務の秘書の美しさを知っている。

咲子は、自分とは比較にならない若さを持ったその秘書に、激しい敵対心を抱いた。

彼女は、自分が背徳の人妻であるという立場を忘れていた。それほどに彼女の嫉妬は凄まじく燃えあがった。

「まあ、男だからね、少しぐらいの浮気は仕方がないと思うんだが……」

加納は、そう言うと、立ちあがって、咲子の傍へ寄ってきた。

咲子は動かなかった。頭の中が混乱し、体中の血管が雷鳴のような音をたてていた。目の前の、加納副社長の動きすら、目に入らなかった。

彼女の五感のすべてが、錯乱《さくらん》し始めていた。時計の針が止まったような気もした。視野さえも霞《かす》んだ。

ふと気がついたとき、咲子は、加納と肌を合わせていた。取り返しのつかない一歩を、またしても踏み出してしまっていた。


彼女が、自宅の門をくぐったとき、時刻は午前零時を過ぎていた。

体は酔っていたが、頭の中は氷塊でも詰《つ》め込まれたように痛痛しく冴《さ》えていた。

（夫以外の男の肌を、二人も知ってしまった……）

情事のあとで自宅に戻ったとき、決まって背信への嫌悪が彼女を苦しめた。

〈お前は不貞の女だ。お前の汚れた肉体《からだ》は、もう二度と清らかさを取り戻せない！〉

どこかで闇《やみ》の声がした。恐ろしい声であった。聞いたことがあるような声でもあった。

(私は重役になるんだ……これは不貞じゃあない。手段なのだ。そう、重役になるための手段なのだ。私は今も確《しっか》りと夫を愛している)

咲子は、闇の声に向かって、必死に抵抗した。

「お帰り、遅かったね」

礼介が、笑顔で咲子を迎えた。

礼介の背後に、娘の由美が立っていた。

「このところ遅すぎるわよ、真夜中の重役さん……」

由美が、そう言って優しく笑った。

「ごめんなさい。忙しくって……」

咲子の胸に、娘の言葉が鋭く突きささっていた。

確かに、近頃の自分は、真夜中の重役だ、という気がする。

「疲れたわ、眠らせて……」

咲子は、寝室に入ると、着替えもそこそこに、ベッドに体を沈めた。

5

大阪屋百貨店の機構改革が、幾つかの大手新聞に大きく報道された。

ワンマン社長・高田善平は代表取締役会長となって権力からは遠去からないものの、実質的な日常活動からは何歩も後退し、高田の娘婿である加納義弘が社長に就任。と、同時に経済産業同友会代表幹事にも就いて、倉橋正二郎が副社長に就任した。

だが、この大物人事以上に注目をあびたのが、やはり藤野咲子の社長統括室長就任だった。

〈才女、再び躍進——取締役昇進は目前〉

ほとんどの新聞が、そう報道した。

咲子はさすがに嬉しかった。夫以外の男に肌を許した背信の苦痛に耐え、漸くそれが報われたのだ、という気がした。

「おめでとう、藤野君」

辞令交付の当日、倉橋は自分の執務室へ咲子を呼んで言った。

「今日から、人事本部以外に社長統括室も僕が管掌することになった。君を部下に持つことが出来て良かったと思っている。本当におめでとう」

「私の方こそ、先に、おめでとうございます、と申しあげなければなりません。この常務室は本日より副社長室になりますのね」

「うむ。ところで、最近、君は意識的に私を避けているね」

「…………」

「何故だ。言ってくれないか」

「何故って……私には家庭がありますもの」

「家庭？……その言葉は、少しも君に似合っていない」

加納から、倉橋とその秘書との醜聞《しゅうぶん》を聞かされて以来、咲子は確かに倉橋を避け続けてきた。そして、その反動で、急速に加納との関係を深めていったのである。

むろん、その背景には、倉橋よりも加納の方が、より一層強大な力を有している、という計算があった。それは彼女一流の打算でもあった。

重役昇進への野望に裏打ちされた打算である。

「今夜、会ってくれないか」

「いいえ、駄目、お断わり致します。上司と部下の関係になれば尚更《なおさら》お会い出来ません」

「会えない原因を言ってくれ。君は本心をかくしている」

「倉橋常務……いえ、倉橋副社長、私とのことはお忘れ下さい。私は夫を裏切った女です。これ以上、気持の上で追いつめられたくありません。背信を続ける勇気は、今の私には、もうございません」

「…………」

咲子は一礼すると、倉橋に背を向けた。

社長統括室は、旧秘書室を改造してつくられ、咲子の下には四十名の部下がついた。

女性責任者が管掌する組織としては、むろん大阪屋百貨店創業以来の大所帯である。

「藤野室長、東京経済日報《とうきょうけいざいにっぽう》の児玉《こだま》編集局長が先程からお待ちです」

部屋へ戻ると、広報部員の一人が椅子から立ちあがって言った。

「そう……」

咲子の顔が、チラリと曇った。

東京経済日報という名前は立派であったが、本業は総会屋兼興信所だった。貧弱な流通業界新聞と興信所速報を発行し、その購読会員から多額の寄付を集めているB級クラスの総会屋である。

組織暴力の背後関係はなかったが、幾人かの半グレ社員を抱えており、かなりうるさい相手であることに違いはない。

「やあ、ごぶさたしています」

咲子が応接室へ入っていくと、児玉は、にこやかに立ちあがった。この笑顔の裏に、いつもキバをかくしている。

「まあ、お座り下さい」

咲子は、そう言いながら、児玉と向き合った。

こういう席での咲子は、実に堂堂としている。体が大柄に出来ているだけに、ソファに腰を落として軽く足を組むと、スキのない颯爽《さっそう》とした貫禄《かんろく》が滲《にじ》み出る。

「ご出世おめでとうございます。各紙を賑わしましたね」

「まぐれあたりですわ」

「女性が出世すると、社内の男性の妬《ねた》みや反発が強いでしょう」

「確かに……でも男性幹部の私に対する批判の幾つかはあたっています。女性は、どうしてもマクロ的かつ大胆に経営を眺められないという本質的な弱点を持っていますものね。小さなことの追求が経営である、と勘違いする危険性を有しています。それに部下をダイナミックに育てあげるという点でも、女性は男性幹部の力には及びません。くやしいですけれど……」

「ははっ、いやに弱気ですなあ。あなたには、似合いませんよ」

児玉は、黄色い歯を見せて笑った。

「ところで今日のご用件は？」

咲子は、ピシャリとした調子で、訊《たず》ねた。

「いや、実は妙な情報を耳にしましたので、至急、藤野室長の耳に入れておく必要があると思いましてね。あなたは、私をいつも一流新聞の記者と同じように公平に扱い、気軽に会っても下さる。こんな時にこそ、ご恩返しをしようと思いまして……」

「どんな情報ですの」

「あなたご自身のことです。私の部下がキャッチした情報ですが、ある人事興信所があなたの身辺を調査している気配があるんですよ。しかも、あなたの男性関係についてです」

「なんですって……」

咲子の顔が、一瞬青ざめた。

「藤野室長、私は社内外における、あなたの優れた評判をよく知っている。あなたが
スキャンダルを背負っておられるはずがない。女性として、あなたは出世街道を驀進《ばくしん》
しておられる訳だが、それだけに敵も多いことでしょう。身辺には充分に気をつけて
下さい。私はダニみたいな男で大勢の人から嫌われてはいるが、私のいま言ったこと
は本心からの善意の言葉であると受け取ってほしいのです」

「ありがとう、児玉さん……」

咲子は立ちあがると、手を差し出した。

その手を児玉の大きな手が握り返した。

「あなたが重役になられるのを、私は首を長くして待っていますよ。……それじゃ
あ、これで」

児玉は、応接室から出ていった。

咲子は、再びソファに腰をおろした。

激しい衝撃が、彼女の体を貫いていた。

（一体、誰が調査を……誰にも気付かれているはずがないのに）

咲子の頬が、神経質にひくひくと痙攣《けいれん》した。

ドス黒い不安が、急速に全身を包み始める。

夫以外の男の肌の下で、贋《にせ》の快楽の喘ぎを見せてきた自分の罪の重さに、彼女は改めて心底からの恐怖を覚えた。

（この不安に負けてはいけない。取締役まで、あと一歩……）

咲子は、震える指先で、テーブルの上の来客用シガレットをつまむと、怯えた唇でそれをくわえた。

6

咲子にとって、不安な日日が過ぎていった。

大阪屋百貨店は、退官近い通産高級官僚西尾《にしお》竜太郎《りゅうたろう》の経営陣への招請《しょうせい》と、社内からの昇進重役一名追加を月一回ある定例役員会で決定した。

その日の夜、咲子は『東京第一帝国《ていこく》ホテル』の一室で、加納と密会した。

「西尾氏は当分の間は顧問に就いて貰い、時期を見て外商本部と仕入本部を管掌する副社長に就任してもらうつもりだ。昇進重役一名追加というのは、むろん君のことだよ」

加納社長はそう言いながら、咲子の肌に指を這わせた。

「それ、本当に私のことなのですか」

「妙なことをきくね。君じゃあなかったら一体、誰を昇進させると言うんだね」

「ありがとうございます社長……とても不安だったんです。女の身でありながら、果たして一流企業の重役になど、なれるのだろうかと」

「なにを下らんことを言っとるのだ。自信を持ちたまえ」

「嬉しい……」

咲子は、思わず感情を高ぶらせた。

体の底から素直に喜びが湧《わ》きあがってくる。

（苦労が報われた。私の勝ちだわ……）

加納に抱かれる咲子の目尻《めじり》から、一筋の涙が伝い落ちた。それは、背信に耐えて今日まできた、自分自身に対する感動の涙でもあった。

（正式に役員に就任したなら、加納社長とも別れよう。そして、今までのように夫だけの女になる……もう裏切りはいや）

咲子は、真実そう思いながら、加納の欲情に精一杯の反応を見せた。むろん贋《にせ》の。

彼女は加納との情事の場所には、いつも『東京第一帝国ホテル』のスイートルームを使ってきた。

路地裏通りに見られる三流ホテルでの密会など、精神的にもいやであったから。自尊心が傷つくような気がするのだ。

夫以外の男に肌を許しているという引け目が、彼女の潔癖な自尊心を逆に依怙地《いこじ》なものにしていた。

（私は汚れてなんかいない。私の背信行為は、必ず家庭の平和に大きく結びついていく……私の社会的地位の高さが、夫や娘の生活を必ず豊かにしていくに違いない……）

咲子は、そう思うことによって、不貞に対する罪の意識を振り捨てようとしてきた。

だが、そう思えば思うほど、心の片隅に、何かむなしい感情の起伏が生じてくることもまた事実であった。

咲子は、加納より一足先にホテルを出た。

用心のためである。

東京経済日報の児玉の情報を耳にしてからは、加納との情事の時間にも気を使い、午後八時までには自宅へ戻るようにしている。

ときには昼間から、加納の執拗《しつよう》な求めに応じて肌を合わせることすらあった。そんな日の夜は、思いきり早く帰宅して、自分の方から夫の肉体《からだ》を求めたりする。そういった自分の行為に寒寒しいものを覚えながらも、重役への猛烈な野心は、一向に衰えることがなかった。

自宅へ戻ると、由美が居間のソファにもたれてテレビドラマを見ていた。

「お父様は？」

咲子は、食堂を覗きながら訊ねた。

食卓の上には、由美の作った夕食が二人分準備されていた。

咲子が、台所で主婦として動きまわるのは、週に一度の休日だけである。

「夕方から車でお出かけよ。夕食、先に頂いたわ。お母様まだなんでしょう。スープを温めてあげる」

由美は、テレビのスイッチを切って、立ちあがった。

「いいのよ。疲れたせいか、余り食欲がないの」

そう言いながら、咲子は由美と並んでソファに腰をおろした。

彼女の肉体《からだ》は、加納との激しい情事の余韻《よいん》を、まだ残していた。体のそこかしこに加納から与えられた刺激がいつまでもジクジクとくすぶっているようであった。

背徳に怯えながらも、いったん火をつけられると狂ったように悶える自分の肉体《からだ》を、咲子は恨めしく思った。

「お父様、どこへ出かけたのかしら」

「さあ、黙って出ていったからわからない」

由美は、再びテレビをつけてドラマに見入った。画面には、いま人気の女優が映し出されていた。

「ねえ、お母様は重役になれそう？」

「どうやらね。今日、加納社長さんから非公式に内示されたわ」

「まあ、本当なの……凄《すご》い。やったわね」

由美が、母親の顔を、嬉し気に、まじまじと眺めた。心の底からの、喜びを見せている。

だが、咲子の気は重かった。

電話が鳴った。由美が、お父様かしら、と言いながら受話器を取りあげた。しかし、二言三言話すと、すぐに電話を切った。

「お父様へよ。近頃よくかかってくる人なの」

「どなた？」

「植木《うえき》さんて人よ。何者かは知らないけど、お父様がその人と、調査がどうのこうのと、電話で話し合っているのを耳にしたことがあるわ」

「調査……」

咲子の表情が、見るまに青ざめていった。

（調査……あの人が、まさか私を）

咲子は、ソファから立ちあがりかけてよろめき、また腰を下ろした。

「どうしたの、お母様。顔が真っ青よ」

「大丈夫。少しストレスがたまっただけ」

咲子は、無理に笑顔を見せようとした。

その顔が、今にも泣き出しそうに歪《ゆが》んでいく。

「余り無理しないでね、お母様。重役になっても健康を害したら、なんにもならないわ」

「そうね、ありがとう……」

頷きながら、咲子は苦し気に喘いだ。

（私のは背信じゃあない。手段なのだ。この家を立派にしていくための手段なのだ。

私は夫を愛している。夫以外の男に抱かれたのは、まぎれもなく私の人生と私の大切

な家庭の幸福のため……でも）

咲子は、目を閉じた。倉橋と加納の愛撫《あいぶ》を受けてきた肉体《からだ》が、おののき震えた。

（もし……夫が私を調査していても……話せば判ってくれる……夫は、きっと判ってくれる）

寛大な理解者であった礼介への自分勝手な甘えの感情が、依然として彼女の内側で息づいていた。

彼女は、気付いていなかった。

礼介の寛大な人格の裏に、どれほどの苦痛がひそんでいたのかを——。

礼介は、妻を理解し続けた。いや、理解し続けることに全精力を使いはたしていた。

それに比べ、咲子の目前にチラついていたものは〈重役の椅子〉という、余りにも現実的な野心であった。

不意に、テレビの画面が消え、代わってニュース担当のアナウンサーが映し出された。

「あら、何か事件かしら……」

由美が、そう言ったとき、緊張した顔のアナウンサーの口が開いた。

〈ドラマの放送中ですが、臨時ニュースをお伝えします。先程、東京第一帝国ホテル前の路上で経済産業同友会代表幹事であり大阪屋百貨店社長の加納義弘氏が、何者かに散弾銃で射殺されました。犯人は、たまたまホテル前をパトロール中だった警察官一人にも発砲して重傷を負わせ、乗ってきた車で逃走、警視庁は都内全域に非常線を張って犯人の発見に全力を尽くし……〉

閉じていた目をカッと見開いた咲子は、全身を激しく震わせてソファから立ちあがった。

「お母様……どうして加納社長が」

由美の顔も、蒼白《そうはく》であった。

「由美、一緒に来て頂戴《ちょうだい》！」

咲子は、二階への階段を駆けあがると、礼介の書斎のドアをあけ、明りをつけた。

教育者の書斎らしく、部屋の四囲は書棚で囲まれていた。机の上は、几帳面《きちょうめん》に整《せい》頓《とん》されている。

「どうしたの、お母様……」

「由美、そこのロッカーをあけてみて……お父様の散弾銃があるか、どうか」

「あっ――」

由美が、叫んだ。咲子の言わんとしていることが、やっと由美にも理解出来たのだ。

「お、お母様……でも、何故、お父様が」

由美は、おろおろして、母親の手をとった。

それを振り払うようにして、咲子は自分からロッカーに近づいた。

「ない……お父様の散弾銃がない」

咲子は、呻《うめ》くように言うと、その場に崩れた。

「由美……なにもかも、おしまいよ」

「お母様、一体、何がどうしたと言うの。ねえ、お願いだから話して……」

由美は、そう言うと、ワッと泣き出した。

戸外の風が、強くなったのか、庭の雑木《ぞうき》がザワザワと鳴り出した。

（終わってしまったわ、一丁の散弾銃でなにもかも……私の人生も、家庭の幸福も）

咲子は、気の遠くなりそうな恐ろしさに必死に耐えながら、いつまでも娘の髪を撫でていた。いたわるように——。

（本書は平成九年十一月、光文社より刊行された作品に、著者が刊行に際し加筆修正したものです）

一〇〇字書評

切・り・取・り・線

購買動機（新聞、雑誌名を記入するか、あるいは○をつけてください）

□（　　　　　　　　　　　　）の広告を見て
□（　　　　　　　　　　　　）の書評を見て
□ 知人のすすめで　　□ タイトルに惹かれて
□ カバーが良かったから　　□ 内容が面白そうだから
□ 好きな作家だから　　□ 好きな分野の本だから

・最近、最も感銘を受けた作品名をお書き下さい

・あなたのお好きな作家名をお書き下さい

・その他、ご要望がありましたらお書き下さい

住所	〒				
氏名		職業		年齢	
Eメール	※携帯には配信できません		新刊情報等のメール配信を 希望する・しない		

この本の感想を、編集部までお寄せいただけたらありがたく存じます。今後の企画の参考にさせていただきます。Eメールでも結構です。

いただいた「一〇〇字書評」は、新聞・雑誌等に紹介させていただくことがあります。その場合はお礼として特製図書カードを差し上げます。

前ページの原稿用紙に書評をお書きの上、切り取り、左記までお送り下さい。宛先の住所は不要です。

なお、ご記入いただいたお名前、ご住所等は、書評紹介の事前了解、謝礼のお届けのためだけに利用し、そのほかの目的のために利用することはありません。

〒一〇一－八七〇一
祥伝社文庫編集長　清水寿明
電話　〇三（三二六五）二〇八〇

祥伝社ホームページの「ブックレビュー」からも、書き込めます。
www.shodensha.co.jp/bookreview

祥伝社文庫

負《ま》け犬《いぬ》の勲章《くんしょう》

令和 5 年10月20日　初版第 1 刷発行

著　者　門《かど》田《た》泰明《やすあき》

発行者　辻　浩明

発行所　祥伝社《しょうでんしゃ》

東京都千代田区神田神保町 3-3

〒 101-8701

電話　03（3265）2081（販売部）

電話　03（3265）2080（編集部）

電話　03（3265）3622（業務部）

www.shodensha.co.jp

印刷所　萩原印刷

製本所　ナショナル製本

カバーフォーマットデザイン　芥 陽子

ISBN978-4-396-35017-8 C0193

千年の遺恨《いこん》を断つ
不滅の神剣！

新刻改訂版
汝《きみ》 薫《かお》るが如《ごと》し
浮世絵宗次日月抄
〈上・下〉

悠久の古都・大和《やまと》飛鳥《あすか》に不穏な影！
古代史の闇から浮上した
〝六千万両の財宝〟とは――!?